AF197314

Ulrike Rylance

MEIN MATHE-DESASTER
ODER DER LANGE WEG ZUM ERSTEN KUSS

© Mary Grace Long

Ulrike Rylance, geboren 1968, studierte Anglistik und Germanistik in Leipzig und London. 2001 zog sie mit ihrem Mann und ihren zwei Töchtern nach Seattle. Seitdem hat sie für verschiedene deutsche Verlage zahlreiche Mädchen- und Frauenunterhaltungsromane geschrieben. Der erste Band ihrer Comicromanreihe ›Penny Pepper‹ wurde mit dem renommierten Hansjörg-Martin-Krimipreis ausgezeichnet.

Weitere Bücher von Ulrike Rylance: siehe Seite 4

© privat

Carla Nagel, 1988 in Freiburg im Breisgau geboren, studierte Grafikdesign in München und ist dort heute als freischaffende Grafikerin und Illustratorin tätig.

ULRIKE RYLANCE

MEIN Mathe-DESASTER
ODER DER lange WEG
ZUM ERSTEN KUSS

Mit Illustrationen von Carla Nagel

Ausführliche Informationen über
unsere Autoren und Bücher
www.dtvjunior.de

Von Ulrike Rylance sind außerdem bei <u>dtv</u> junior lieferbar:

Penny Pepper – Alles kein Problem
Penny Pepper – Alarm auf der Achterbahn
Penny Pepper – Chaos in der Schule
Villa des Schweigens
Todesblüten
Eiskaltes Herz

Originalausgabe
© 2016 dtv Verlagsgesellschaft mbH & Co. KG, München
Dieses Werk wurde vermittelt durch die
Literaturagentur Kai Gathemann
Umschlag- und Innengestaltung: Carla Nagel
Satz: Carla Nagel
Gesamtherstellung: Kösel, Krugzell
Gedruckt auf säurefreiem, chlorfrei gebleichtem Papier
Printed in Germany · ISBN 978-3-423-76140-6

WILLKOMMEN!!

MITTE AUGUST

Herzlich willkommen
am Schiller-Gymnasium!

Alle alten und neuen Schüler hatten
hoffentlich tolle Sommerferien und freuen
sich auf ein neues Schuljahr. Wir begrüßen in diesem Schuljahr ganz herzlich
unsere neue Schulleiterin Frau Rössler!
Außerdem begrüßen wir unseren neuen
Kunstlehrer Herrn Offenbach und unseren
englischen Sprachassistenten Kenneth
White.

Unsere liebe Schulsekretärin Frau Müller
hingegen hat sich in diesem Schuljahr
eine gemütliche Auszeit genommen.

Neue Arbeitsgemeinschaften in diesem Jahr
sind: Filzen, Theater-AG und Sicherheit
im Internet.
Außerdem wird ab sofort ein Wettbewerb
um die »Klasse des Monats« stattfinden.

Die Bibliothek bleibt bis auf Weiteres
geschlossen.

© LILLY LEHMANN, KLASSE 7B

SCHULE

das da oben habe ich geschrieben...

ICH

... Weil ich nämlich seit heute die Schülerseite auf der Schul-Website betreuen darf.

Meine Klassenlehrerin hat mich heute früh im Flur abgefangen und mich gefragt, ob ich das machen will. Weil ich angeblich so gute Aufsätze schreibe. Ich soll immer online **do-ku-men-tie-ren**, was an unserer Schule so Tolles passiert. So weit, so verzwickt. Es gibt nämlich ein Problem: Was an unserer Schule *wirklich Tolles* passiert, kann ich **ECHT** nicht auf die Website schreiben!

Zum Beispiel das mit der Bibliothek: ←

In der Schulbibliothek hat jemand Graffiti an die Wand gesprüht – **mit Bild!!!** Und so sehr der Hausmeister auch schrubbt, es geht einfach nicht ab. Deshalb darf da keiner rein.

Oder das mit Frau Müller, der Sekretärin:

»Wo ist denn eigentlich die Müller, der alte Drachen?«, hat unsere Biolehrerin leise im Lehrerzimmer unsere

Musiklehrerin gefragt. Das hab ich **G E N A U** gehört, als ich heute früh davor auf meine Klassenlehrerin Frau Wenz wegen dem Passwort für die schul-website gewartet habe.

»Entziehungskur«, hat die Musiklehrerin genauso leise zurückgeflüstert. »Am liebsten hat sie Rotwein gesoffen.« Dann haben sie beide so meckernd gelacht.

Das wäre doch nun **ECHT** was Interessantes für die Website gewesen.

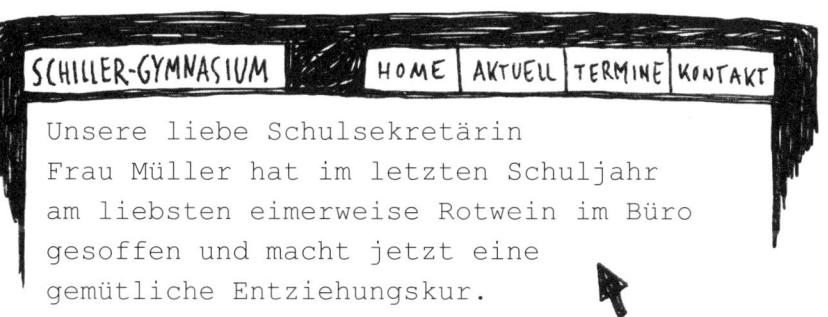

SCHILLER-GYMNASIUM | HOME | AKTUELL | TERMINE | KONTAKT

Unsere liebe Schulsekretärin
Frau Müller hat im letzten Schuljahr
am liebsten eimerweise Rotwein im Büro
gesoffen und macht jetzt eine
gemütliche Entziehungskur.

Aber GRRRRR··· geht nicht. Sonst steigen die Eltern der Schule aufs Dach.

Deshalb muss ich das, was wirklich passiert, von jetzt an extra + geheim aufschreiben.

Die Wahrheit darf schließlich nicht verheimlicht werden, deshalb noch mal:

MITTE AUGUST *(in echt!!!)*

Die 7. Klasse fing also schon ECHT gut für mich an.
Auch für meine beste Freundin Felicitas.
Denn die konnte im Bus heute hinter Hendrik sitzen.
»Er sah ja wieder **TOTAL** süß aus, wie er da so
verträumt zum Fenster rausgeguckt hat«, meinte
sie zu mir. »So mit seinen Haaren, die so über das
Auge fallen, du weißt schon, und wenn er lächelt,
dann schimmert immer so geheimnisvoll die
Spucke auf seinen Zähnen. Guck mal, ich hab
auch ein Foto gemacht.«
Auf dem Foto konnte man aber nur
einen Kopf mit schwarzen Haaren
von hinten sehen und er war auch
noch verschwommen. Es sah
eigentlich mehr aus wie eine
russische Pelzmütze. »Voll süß«,
hab ich ihr zugestimmt, obwohl ich
persönlich ja eine russische Pelzmütze
tausendmal interessanter, intelligenter
und unterhaltsamer fände als **HENDRIK**.
Aber Felicitas ist schon seit der dritten
Klasse in ihn verknallt, da kann man nichts
machen. Sie ist schließlich meine **beste
Freundin** und in dem Moment kamen auch

8

gerade die Oberzicken **MELLE & MARA** und haben
sich die Zickenhälse verrenkt, um das Foto zu sehen.
»Na, Felicitas, ist das dein neuer Freund? Gehst du
jetzt mit 'nem Bärenfell, oder was? Da passt ihr ja
prima zusammen, haha!«
Sie sind über den Sommer echt noch blöder und
eingebildeter geworden. Außerdem hatten sie jetzt
gestreift lackierte Fingernägel und so dick mit Kajal
umrandete Augen **wie Pandas**. Und so stöckelige
Schuhe, die beim Laufen Geräusche wie Knallerbsen
gemacht haben.

KLACK
KLACK
KLACK

Ihr Lachen war aber noch genauso ätzend wie
im letzten Schuljahr.
Und dann kamen auf einmal noch zwei **FREMDE**
Leute ins Klassenzimmer:

1. Ein komischer Mann mit langen Haaren und Basken-
   mütze und Farbklecksen an den Armen und einem
   T-Shirt, das er auf links anhatte. Er hat nur ins Zimmer
   reingeguckt und »Oha, Jugendstil-Fenster!« gerufen,
   dann war er wieder weg. Ein Verrückter?
2. Noch ein komischer junger Typ mit roten Haaren im
   schwarzen Anzug und weißen Hemd und mit Schlips.
   Wir haben jetzt gedacht, es ist jemand gestorben
   und das ist der **BESTATTER**, der ihn abholen soll.
   Aber der Bestatter hat sich in aller Seelenruhe vorne

hingesetzt und eine Tüte Kartoffelchips gegessen und mit seinem Handy gespielt – *seltsam*. Er hat auch was gesagt, aber das hat keiner verstanden. Es klang wie

HAIMEINÄIMSKENNEFFEIT

Haimeinäimskenneffeit ist einfach nicht wieder gegangen, sondern saß genau vor uns, und das war ungünstig, weil ich doch eigentlich Felicitas alles über ♥**LUKAS MEYER**♥, meinen Schwarm vom Ferienlager, erzählen wollte. Aber Haimeinäimskenneffeit saß da wie angenagelt, jedenfalls so lange, bis unsere Klassenlehrerin **FRAU WENZ** hereinkam und ihm gesagt hat, dass er doch jetzt in die achte Klasse muss und hier falsch ist. Und zu uns hat sie gesagt, dass das unser neuer englischer Sprachassistent Kenneth White ist. Ach so. Er soll uns Englisch beibringen. Nicht beerdigen. Puh, Glück gehabt. Frau Wenz hat uns dann noch gesagt, dass wir eine neue Schulleiterin namens Frau Rössler haben und auch, dass wir ab jetzt immer um den Titel »**Klasse des Monats**« kämpfen sollen. Zum Beispiel, indem wir den Schulhof freiwillig sauber machen. Dazu hatte natürlich absolut <u>NIEMAND</u> Lust.

FRAU WENZ

Iiiih!

Auf dem Schulhof gibt es nämlich:
- ausgespuckte Kaugummis
- zerknüllte, labbrig-feuchte Papiertaschentücher
- Zigarettenkippen
- platt getretene, vergammelte Schulbrote
- Haargummis MIT Fusselhaaren drin
- ausgeleierte einsame Turnhosen und
- ganz viele modrig-matschige Klumpen von irgendwas, von dem man gar nicht wissen will, was es ist!!!

(Außerdem haben Felicitas und ich
dort mal ein Kondom gefunden!!! Iiiih!)

In der nächsten Stunde hatten wir
Kunst und wer stand da an der Tafel
und grinste voller Vorfreude?
Der Verrückte von vorhin!
Der Verrückte war unser neuer
Kunstlehrer Herr Offenbach!
Herr Offenbach wollte dann unsere
Namen wissen und sie aufschreiben,
aber das hat irgendwie ewig gedauert,
weil er die Namen immer sofort wieder vergessen hat.
»Wie heißt du gleich noch mal? Melle? Sag noch mal.
Wie schreibt man das? Zwei E, zwei L?
Wie jetzt genau?«

Felicitas hat inzwischen zwei große Herzen auf ihren
Tisch gemalt – immerhin hatten wir ja Kunst, da ist das
ja wohl erlaubt – und in eins hat sie »Felicitas B. +
Hendrik K. = für immer!!!«
geschrieben und in das
andere »Lilly L. + …«.
»Wie heißt dein Schwarm
aus dem Ferienlager
gleich noch mal?«, hat sie
mir zugeflüstert. Dummer-
weise genau in dem Moment,
als Herr Offenbach auf den
freien Platz links neben mir gezeigt
und »Wer sitzt da?« gefragt hat.

» LUKAS MEYER «, hab ich leise zu
Felicitas gesagt. Aber Herr Offenbach hat es irgendwie
trotzdem gehört.
»Lukas Meyer, okay. Wo ist der heute?«
Und noch ehe ich überhaupt reagieren konnte, hat
Felicitas gesagt: »Lukas Meyer ist noch im Ferienlager.«
Dann hat sie gekichert und mich unter dem Tisch ins
Bein gepikt. Die anderen in der Klasse haben jetzt auch
gekichert, aber Herr Offenbach hat nichts gemerkt.
Er hat nur verträumt ins Nirgendwo gestarrt.
»Lukas heißt er, ah … Wie Lucas Cranach, großartigster
deutscher Maler der Renaissance.
Kennt ihr ja sicher?«

12

Nach der Stunde wollte ich gleich zu Herrn Offenbach, um ihm zu sagen, dass es doch gar keinen Lukas Meyer gibt, aber auf einmal hab ich **IHN** gesehen.

Den süßesten Jungen der Welt.

Er hatte total schöne braune Augen und ein süßes Lächeln und so einen coolen Haarschnitt, und er war auch nicht so ein Zwerg wie die meisten Jungs aus der Siebten und auch nicht so PRASSELDOOF wie die, denn er hat gerade einen Stift aufgehoben, der Emo-Anni runtergefallen war, und ihn ihr mit den Worten »Hier, bitte!« zurückgegeben. TOTAL NETT, nicht? Und Emo-Anni hat durch ihre pechschwarze Haargardine geblinzelt und GELÄCHELT! Emo-Anni lächelt sonst nie! Niemals!!! ──────→

EMO ANNI

»Wer ist das?«, hab ich Felicitas gefragt.
»Der Neue aus der 7a«, hat Felicitas geantwortet.
»Ich glaube, er heißt Freddy.«

○ • ! FREDDY ! • ○

Leider hat es dann geklingelt und ich habe Freddy nicht mehr gesehen. SO EIN MIST. Und die Mädchenklos waren auch alle verstopft und das schon am ersten Schultag! Betty Bauer aus der Zehnten hat voller Wut die Klostrippe abgerissen und ganz laut gerufen: »Was ist denn das hier für ein kaputter KINDERKNAST, ey!«

(Felicitas und ich finden Betty Bauer SUPERCOOL. Sie ist unser Idol. Leider wird sie es niemals erfahren, weil sie **NIE** mit uns redet.)

Am Ende des Schultages fingen dann die neuen Arbeitsgemeinschaften an (außer Theater, das macht Herr Offenbach und der hat das irgendwie vergessen). Bei »Sicherheit im Internet« standen mindestens zwanzig Leute an – alles Jungs, die **HACKER** werden wollen. Im Zimmer daneben war »Filzen mit Frau Unger«, unserer Geschichtslehrerin. Sie saß einsam und alleine vor einem Berg Wolle, wie ein verschrumpeltes Dornröschen ohne Schönheitsschlaf, und sie tat mir so leid, dass ich beinahe wie ferngesteuert reingegangen wäre und mich bei

Filzen mit Frau Unger

angemeldet hätte. Aber Felicitas hat mich in letzter Sekunde wieder zurückgezogen.

Frau UNGER

Bist DU? WAHNSINNIG?

FELICITAS

14

Anfang September

Die Theater-AG wird in diesem Jahr das Stück »Biss zum Morgengrauen« aufführen. Interessenten melden sich bitte bis zum 10.9. bei Herrn Offenbach.

Die AG »Sicherheit im Internet« ist voll! »Filzen« fällt wegen mangelndem Interesse leider aus.

Die Bio-Exkursion aller siebten Klassen ins Vogelparadies war ein totaler Erfolg. Wir haben sehr viel Interessantes über die verschiedenen Vertreter der Vogelwelt gelernt und werden all die Rabengeier, Greifvögel und Eulen nie im Leben vergessen.

Klasse des Monats ist im September die Klasse 6a. Herzlichen Glückwunsch!

Die Bibliothek bleibt bis auf Weiteres geschlossen.
Die Mädchentoiletten in der ersten Etage bleiben bis auf Weiteres geschlossen.

© LILLY LEHMANN, KLASSE 7B

15

Anfang September
(in echt!!!)

Also das mit dem Vogelparadies war wirklich unvergesslich. Aber aus **GANZ** anderen Gründen. Es fing ja erst mal gut an, weil nämlich alle 7. Klassen zusammen dahin gefahren sind.

> Also auch die 7a = ALSO AUCH FREDDY.

Ich hab mir deshalb an dem Tag echt TOTAL VIEL Mühe mit meinem Styling gegeben und bin extra **EINE STUNDE** eher aufgestanden, um meine Haare zu waschen. Da war nur Opa schon wach, weil er seine Brille gesucht hat. Aber obwohl ich das Glanz Activator Shampoo und den Brillant Control Boost Conditioner und den Ultimate Mega Schaumfestiger extrastarker Halt für meine Haare benutzt habe, sahen sie trotzdem nicht anders aus als sonst.

Dann hatte ich blöderweise nicht mal mehr Zeit zu frühstücken und hab mir nur aus dem Kühlschrank einen Joghurt geschnappt. Aber dabei habe ich wenigstens Opas Brille gefunden, die lag im Butterfach.

Opa hat sich gefreut und meinte, sie wäre jetzt schön kühl auf der Haut, und das findet er angenehm.

(Und ich hab mich gefreut, dass **MAMA** das nicht gesehen hat, denn dann hätte sie nur wieder mit Opa

gemeckert, dass eine Brille nicht in den
Kühlschrank gehört.)

An der Schule standen schon alle und haben auf den
Bus gewartet. **MELLE & MARA** hatten heute kleine
Federn im Haar. Weil das **IN** ist. Sie sahen aber ein
bisschen dämlich aus, wie gerupfte Hühner.
Als sie uns gesehen haben, haben sie wieder
angefangen zu tuscheln. Immer wieder haben sie
auf die neue lila Jacke von Felicitas gezeigt und
gekichert. (Die war leider ein bisschen zu groß,
weil der Vater von Felicitas sie auf Ebay ersteigert hat.)
»Hey, Felicitas – ist das 'ne Jacke oder ein Einmannzelt?
$MUHAHA$! Oder ein Fallschirm? Falls du davonfliegst?
$MUHAHA$! Ach, das geht ja gar nicht, du bist ja viel
zu schwer, $MUHAHAHA$!«
»Passt nur auf, dass sie euch im Vogelpark nicht
aus Versehen in den Papageienkäfig einsperren«,
hab ich da geantwortet.
Ein paar Leute haben gelacht und Melle hat uns
$GIFTIG$ angeguckt. Und hat gleich zurück-
gefeuert: »Ach, ja? Dann passt ihr lieber auf, dass ihr
überhaupt in den Bus dürft. Lillys Rucksack schmilzt
nämlich wie alter Käse, haha.«
MIST, MIST, MIST! Ich hatte mich schon
die ganze Zeit gewundert, was da so nass an meinem
Rücken war. Der **blöde** Joghurt ist auf dem Weg
aufgeplatzt und durch den Stoff gesickert! **Voll eklig**!

Melle & Mara

MANN, EY!

Melle und Mara haben gelacht und sich abgeklatscht
und ihre Federn geschüttelt, und ich hab den Ekelruck-
sack mit Taschentüchern halbwegs sauber gemacht,
und deswegen war ich die Letzte und konnte im Bus
natürlich nicht in Freddys Nähe sitzen,
sondern musste mit Felicitas ganz vorn in die erste
Reihe. Da, wo man nicht sehen kann, was die anderen
hinten **COOLES** machen.

Felicitas war auch sauer, denn **HENDRIK** saß unerreich-
bar weit hinten und hat dort lächelnd und schweigend
und attraktiv zum Fenster rausgeguckt. (Ihre Worte,
nicht meine.) Felicitas konnte ihn nicht mal fotografieren,
weil dauernd jemand ins Bild gehampelt ist!

Unsere Klassenlehrerin Frau Wenz hat geguckt,
ob alle da sind, und plötzlich kam auch noch
Herr Offenbach dazu. Er hatte eine riesige Kamera
um den Hals hängen und auch noch einen Notizblock
dabei, um die Vögel zu zeichnen.

»Aaaah, Vögel in der Kunst … Na, welcher Vogel
ist wohl das berühmteste Wappentier?«

»Wellensittich? Flamingo? Pinguin?«

»ÄH, JA. Adler.«

Die Jungs wollten dann noch wissen, ob es im Vogelparadies echte Raubvögel gibt und ob die etwas
relativ Kleines, wie zum Beispiel **SVEN HÜBNER**
aus unserer Klasse, packen und in ihr Raubtiernest als
Futter fortschleppen könnten?

Das wusste Herr Offenbach aber auch nicht.

Im Vogelparadies war dann ein Tierpfleger, der uns
herumgeführt und uns die Vögel erklärt hat.
»… und der lautlose Flug des Uhus, die schnelle und
wendige Jagd des Falken, das Flugverhalten von Rabengeier, Steppenadler und Weißkopfseeadler und …«
Das war **VOLL LAHM** und die meisten Vögel haben auch
nur gelangweilt auf Bäumen gehockt oder geschlafen.
LOGISCH – die hatten den Vortrag von dem Mann ja
auch schon *tausendmal* gehört.
Dann gab es aber noch etwas **TOTAL** Süßes:
eine Babyeule! Die war so nied-
lich, dass wir Mädchen alle
vor Freude angefangen
haben zu quietschen.
Und dann durften wir
endlich alleine rumlaufen
und ich hab mich mit
Felicitas und meiner
anderen Freundin Sarah
gleich an Freddys Fersen
geheftet.
Blöderweise sind Melle und
Mara ihm auch hinterhergelaufen.
Und zwar **SO WAS VON**
auffällig, das ging ja gar nicht.

Sie haben **übelst** laut gekichert und sich gegenseitig hin und her geschubst, damit er sie bemerkt, aber in dem Moment, als Freddy sich endlich nach ihnen umgedreht hat, ist etwas Herrliches passiert. Eine fette Taube ist aus dem Nichts gekommen und über Melle geflogen und auf einmal ist etwas Weißes auf Melles Kopf geklatscht.

VOGELKACKE! – MUHAHAHAHA!

VOGELKACKE HAHA!!

ihh

HAHAHA!

» liiiiiiiiih! «

Zum Schluss gab es noch eine Flugshow. Ein Rabengeier ist immer im Kreis herumgeflogen und auf dem Arm der Trainerin gelandet. Das fanden die Jungs alle *massiv cool*, Freddy auch, und sogar Herr Offenbach hat fotografiert wie ein Verrückter. Und als die Trainerin dann gefragt hat, ob jemand den Rabengeier auf seinem Arm landen lassen will, da ist bei mir irgendwie eine Sicherung durchgeknallt. Denn ich habe ganz laut » *Ja, ich!* « gerufen. Ich wollte doch unbedingt Freddy beeindrucken. Aber als ich dann ganz alleine mitten auf dem Platz stand und meinen Arm ausstrecken musste und dieser Rabengeier wie ein Flugsaurier auf mich zugerauscht kam, da habe ich so einen Schreck bekommen, dass ich meine Hände vors Gesicht gehalten habe. Und deshalb ist dieser perverse Rabengeier auf meinem KOPF

gelandet und hat sich mit seinen knorpeligen Füßen
in meinen Haaren festgekrallt.

Es war SCHRECKLICH ! Und weil ich außerdem
noch so viel **Ultimate Mega Schaumfestiger extrastarker Halt** in meinen Haaren hatte, haben sich die
Vogelfüße immer mehr verheddert und verklebt.

Zum Glück hat die Trainerin den Rabengeier wieder
rausgefilzt und ihn getröstet und gestreichelt, dabei
war **ich** es ja wohl, die ein Trauma erlebt hat!

Aber dann geschah ein WUNDER. Als ich nämlich
VÖLLIG fertig und zitternd in den Bus eingestiegen
bin, stand auf einmal Freddy neben mir.

»Das war voll abgefahren eben!«, hat er gesagt.
»Geiles Haargeier-Massaker!«

Da war ich SO glücklich. Für Freddy würde ich wahrscheinlich einen ganzen Rabengeierschwarm in meinen
Haaren landen lassen. Ich hab aber so getan, als ob
das ganz NORMAL für mich ist.

»Ach, so ein Raubvogel auf dem Kopf ist doch **NICHTS**
Besonderes. Mach ich öfters.«

Auf der Rückfahrt saßen Felicitas und ich dann neben
Herrn Offenbach, und da haben wir etwas **Interessantes**
entdeckt. Herr Offenbach hat überhaupt keine Vögel
fotografiert. Keinen einzigen. Nicht mal die knuffige
Babyeule. Alles, was Herr Offenbach fotografiert hat,
war: FRAU WENZ !!!

21

Als wir mit dem Bus zur Schule zurückgekommen sind, haben gerade die streberleichen aus der sechsten Klasse den versifften Schulhof sauber gemacht. »Wir wollen nämlich KLASSE DES MONATS werden!«, hat einer von denen laut gekräht. Meine Güte, manche Leute haben echt nichts zu tun.

Am nächsten Tag war das Mädchenklo in der ersten Etage komplett geschlossen, deshalb mussten wir alle hoch in die zweite Etage gehen und mit tausend Leuten anstehen. Das war TOTAL nervig, aber auch interessant, denn da haben wir viele Gespräche belauschen können und Folgendes erfahren:

1. Betty Bauer lässt sich demnächst ein Zungenpiercing stechen. Wie cool ist das denn?

2. Betty Bauer will beim Theaterstück mitmachen. (Deshalb werden Felicitas und ich uns dort sofort auch anmelden.)

3. Die Streberleichen aus der 6a sind tatsächlich Klasse des Monats geworden. Und haben als Preis eine Pizza-Party gewonnen. Nur weil sie so ein paar kleine Papierfetzchen aufgehoben haben, also ehrlich mal!

Ende der Woche war dann Anmeldung zum Theaterstück. Ich hab **NICHT SCHLECHT** gestaunt – da war fast die halbe Schule da und wollte mitmachen! Bestimmt, weil sie alle erfahren haben, dass Betty Bauer dabei ist. Die [OBERZICKEN] Melle und Mara waren natürlich auch da und auch total viele Jungs, sogar ein paar der angehenden Hacker. Selbst **HENDRIK** war da! Freddy aber leider nicht. ☹ Herr Offenbach hat sich gar nicht mehr eingekriegt vor Glück.

»Welch eine theaterbegeisterte Jugend!
Dass ich so was noch erleben darf!«
Frau Wenz war auch da, »um Kollege Offenbach zu helfen«. Wahrscheinlich, damit ihm *überhaupt* jemand zuhört.

OFFENBACH
+
WENZ
=
❤

Felicitas und ich haben uns nur wissend angegrinst. Nur helfen, **KLAR**. Der Offenbach ist in Frau Wenz verknallt, aber *garantiert*. Und sie etwa auch in ihn?

Wir mussten dann alle vorsprechen, und ich habe mir **TOTALE** Mühe gegeben, denn die Rolle der Bella ist mir praktisch wie auf den Leib geschnitten.
»Jacob, du bist echt ein Werwolf? Soll ich dein Fell bürsten?«
Aber dann hat **Betty Bauer** vorgesprochen, und da war mir klar, dass ich die Rolle der Bella niemals kriege. Betty war gnadenlos **SUPER!**

»Wenn ich schon sterben muss, liebster Edward, dann nur durch einen zackigen Biss deiner spitzen Vampirzähne. Am besten in die Halsschlagader, das geht am schnellsten. Und vorher kannst du mich küssen.«

Betty Bauer

→ **BELLA**

Betty hat NATÜRLICH die Rolle von Bella bekommen. Und dieser TOLLE Typ aus der Elften, dessen Namen Felicitas und ich leider nicht kennen, der mit der Lederjacke und der tätowierten Schlange auf dem Arm, der wird Edward Cullen spielen. Ansonsten gab es dann noch:

- ein Rudel Werwölfe (die meisten der Hacker)
- ein paar fiese Vampire (zwei davon Melle und Mara, wie passend)
- eine Küchenfrau (*Felicitas*)
- einen schweigenden Indianer (Hendrik)
- Bellas Vater (ein Typ mit Zahnspange aus der Zehnten)
- Jacob (Nazim Öszal aus der Zwölften, der Bodybuilder werden will)
- eine uralte Vampir-Oma (Frau Unger)
- Vampire aus dem Cullen-Zirkel (ein Haufen eingebildeter Leute aus der Elften)

YEAH

– mehrere Schüler (alle anderen, die sich nicht für eine größere Rolle qualifiziert haben)

UND ... Trommelwirbel ...
Jessica, Bellas Freundin = **ICH** !!!

JUHUUU!!

Der September hätte daher eigentlich einen **absolut** erstklassigen Start hingelegt, wenn da nicht diese EINE **blöde** Sache wäre ...

Wir hatten wieder Kunst und mussten Selbstbildnisse malen, und Herr Offenbach wollte wissen, wo Lukas Meyer denn diesmal wäre. Ich hatte *Lukas Meyer* schon *VÖLLIG* vergessen und wollte gerade **ENDLICH** gestehen, dass es ihn doch gar nicht gibt, als einer von den Jungs von hinten gerufen hat: »Der Lukas Meyer ist leider krank.«

»Ach, der Arme«, hat Herr Offenbach gesagt. »Hat er etwa diese Grippe, die gerade rumgeht?«

»Ja«, hat Felicitas eiskalt behauptet. »Er hustet und schnieft wie verrückt.«

Alle haben **GEKICHERT**, und jetzt konnte ich natürlich erst recht nicht mehr sagen, dass der arme kranke, hustende Lukas Meyer *gar nicht existiert!*

»Kann ihm denn jemand den Unterrichtsstoff bringen?«,

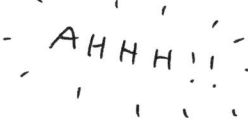

25

wollte Herr Offenbach wissen. **HERRGOTT**, hat der Mann denn keine anderen Probleme?

»Äh … der ist noch ziemlich lange … äh krank«, hab ich gestottert.

»Na, dann erst recht!« Herr Offenbach wurde immer enthusiastischer. »Er soll auch ein Selbstbildnis malen, damit wir die Klasse **komplett** haben. Sagst du ihm das, Lilly? Das Bild kann er dir dann ja mitgeben. Aber steck dich nicht an!«

Herr Offenbach hat herzlich gelacht und der Rest der Klasse hat **HYSTERISCH** mitgelacht, und so kam es, dass ich an einem der letzten sonnigen Wochenenden zu Hause rumhocken musste, um das dämliche Selbstbildnis von Lukas Meyer zu malen. Ich hab also **voll** gefrustet damit angefangen, den Pseudo-Lukas-Meyer zu malen, und weil ich so eine Wut hatte, wurde er hässlicher und hässlicher. Ich konnte gar nichts dagegen tun. Ehrlich gesagt sah Lukas Meyer am Ende aus wie das uneheliche Kind von Frankenstein und Godzilla. Aber ich hab mich **besser** gefühlt.

MITTE SEPTEMBER

Unsere Stadt feiert in diesem Jahr ihre 750-Jahr-Feier. Glückwunsch! Deshalb dürfen alle Klassen unserer Schule beim historischen Festumzug mitmachen und dort die Geschichte unserer Stadt kostümiert darstellen. Was für ein tolles Projekt!

Außerdem können im Foyer der Aula zurzeit künstlerisch wertvolle Selbstbildnisse bewundert werden.

Unser schönes Schiller-Gymnasium war noch nie so sauber.
Wir danken ganz herzlich allen fleißigen und uneigennützigen Helfern!

Klassen des Monats sind im September die Klassen 6b, 5a und 9b.
Herzlichen Glückwunsch!

Die Bibliothek bleibt bis auf Weiteres geschlossen.

© LILLY LEHMANN, KLASSE 7B

MITTE SEPTEMBER (IN ECHT!!)

»Ach du **Scheiße**, in **DEN** warst du mal verknallt?«,
hat Felicitas gefragt. »Der sieht ja grauenvoll aus.
Gab es nichts Besseres im Ferienlager?«
»Das ist er doch gar nicht«, hab ich versucht, ihr zu
erklären. »Der echte Lukas Meyer sah natürlich **VIEL
besser** aus.«
»Und warum ist der hier dann so eine Müllgurke?«,
wollte Felicitas wissen.
»Weil ich so **SAUER** war, dass ich den malen musste.
Wenn man Wut hat, kann man nichts **Schönes** malen.«
»Hä?«
Bevor ich das näher erklären konnte, ist Herr Offenbach
reingekommen und hat die Selbstbildnisse eingesam-
melt. Ich hab vor Aufregung **GESCHWITZT**, immerhin
war das ja hier eine Fälschung. Ich war sozusagen eine
international gesuchte **Kriminelle!**
Aber der Offenbach hat das Bild nur hochgehoben
und hat: »Aaaaah! Fantastisch!« gerufen. »Dieser Lukas
Meyer hat ein echtes Talent. **GANZ UNGLAUBLICH.**
Dieser expressionistische Pinselstrich! Was für ein
begabter junger Mann. Geht es ihm denn besser?«
»Ja«, hab ich gepiept. »Also ich meine – **NEIN.**«
Glücklicherweise hat Hendrik in diesem Moment aus
Versehen eine Ladung rote Farbe über das Selbstbildnis

28

von **MARA** gekippt und für hellste Aufregung gesorgt, und Herr Offenbach hat Lukas Meyer im Nu vergessen. »Das nächste Lukas-Meyer-Bild malt ihr aber, kapiert«, hab ich zu den Jungs nach hinten gezischt, aber die haben nur **BLÖD** gelacht und gegrunzt, wie immer.

In der ersten Pause habe ich dann zwei **GANZ** erstaunliche Entdeckungen gemacht:

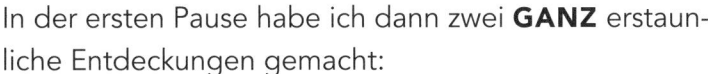

1. fand unten auf dem Schulhof eine Schlacht statt. Und zwar darum, wer die wenigen Papierschnipsel, die dort noch herumlagen, aufheben durfte. Mindestens vier Klassen sind mit Mülltüten und gierigen Blicken da unten herumgestrichen und haben sich gegenseitig brutal zur Seite gestoßen, wenn es irgendwo etwas aufzuheben gab. *Sehr merkwürdig!*

2. ist das untere Mädchenklo wieder auf, und Felicitas und ich konnten sehen, dass Betty Bauer jetzt tatsächlich ein Zungenpiercing hat. Sie hat es im Spiegel betrachtet und dann die Zunge rausgestreckt und ihrer Freundin gezeigt. (Die Zunge war geschwollen und sah gruslig aus.)

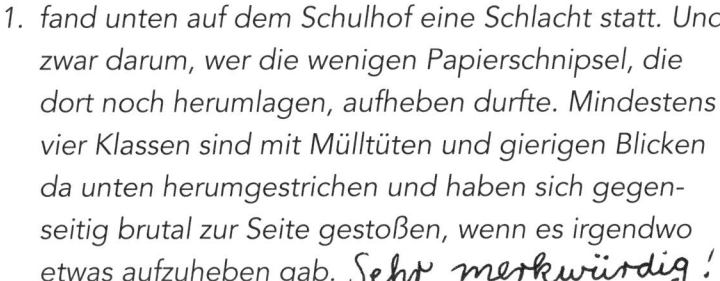

Dieser BLECHPICKEL tut so was von weh, SAG ICH DIR. VOLL DIE FRESSBREMSE. Ich kann nur noch SMOOTHIES trinken.

Im Sportunterricht haben wir dann herausgefunden, was es mit den verrückten Papiersammlern auf sich hat. FRAU WENZ hat es uns gesagt: »Die nächste Klasse des Monats bekommt einen Ausflug ins Spaßbad als Gewinn.« WAS??

Und warum erfahren wir das erst so spät? Jetzt ist der blöde Schulhof schon **SO SAUBER**, dass man vom Boden essen könnte!

Wir hatten aber keine Zeit, uns darüber aufzuregen, denn Frau Wenz hat uns dann gleich losgescheucht – **2000** Meter rennen. Felicitas hat sofort gesagt, dass sie LEIDER einen verstauchten Knöchel hat, aber Frau Wenz hat nur heiser gelacht.

»Ach papperlapapp. Dein Knöchel ist schon seit zwei Jahren verstaucht, Felicitas!«

Mann, das war ECHT gemein. Ich meine, ich bin ja in Sport ganz gut, aber Felicitas hat leider überhaupt keine Kondition. Sie hat eben ein bisschen mehr Gewicht zu schleppen als ich. Ist ja LOGISCH, dass sie dann langsamer ist. Aus Solidarität bin ich neben ihr gelaufen, wir waren so ziemlich die Letzten. Melle und Mara haben sich total über Felicitas lustig gemacht, diese fiesen **ZICKEN**. Dabei sieht Felicitas ganz NORMAL aus, sie ist halt nur nicht so ein Hungerhaken wie Mara, die dauernd mit ihrer Mutter zusammen abnimmt. (Letztens haben sie die Hollywood-Eichhörnchen-Diät gemacht und nur Haselnüsse und Beeren gegessen. Dann hat Mara Pickel davon gekriegt und da haben sie wieder aufgehört.)

Und das Schlimmste: die Parallelklasse ist auch mitgerannt und wir sind von FREDDY überholt worden. Zweimal!

(Das war mir schon ein bisschen peinlich, aber Felicitas ist schließlich meine **BESTE** Freundin, da musste ich ihr beistehen.)

OH, MANN !!

NA, DOPPEL-WHOPPER, BRAUCHST DU NEN ROLLATOR? ODER GLEICH NEN KRANKENWAGEN? MUHAHAHAHA HA HA!

MARA

Melle

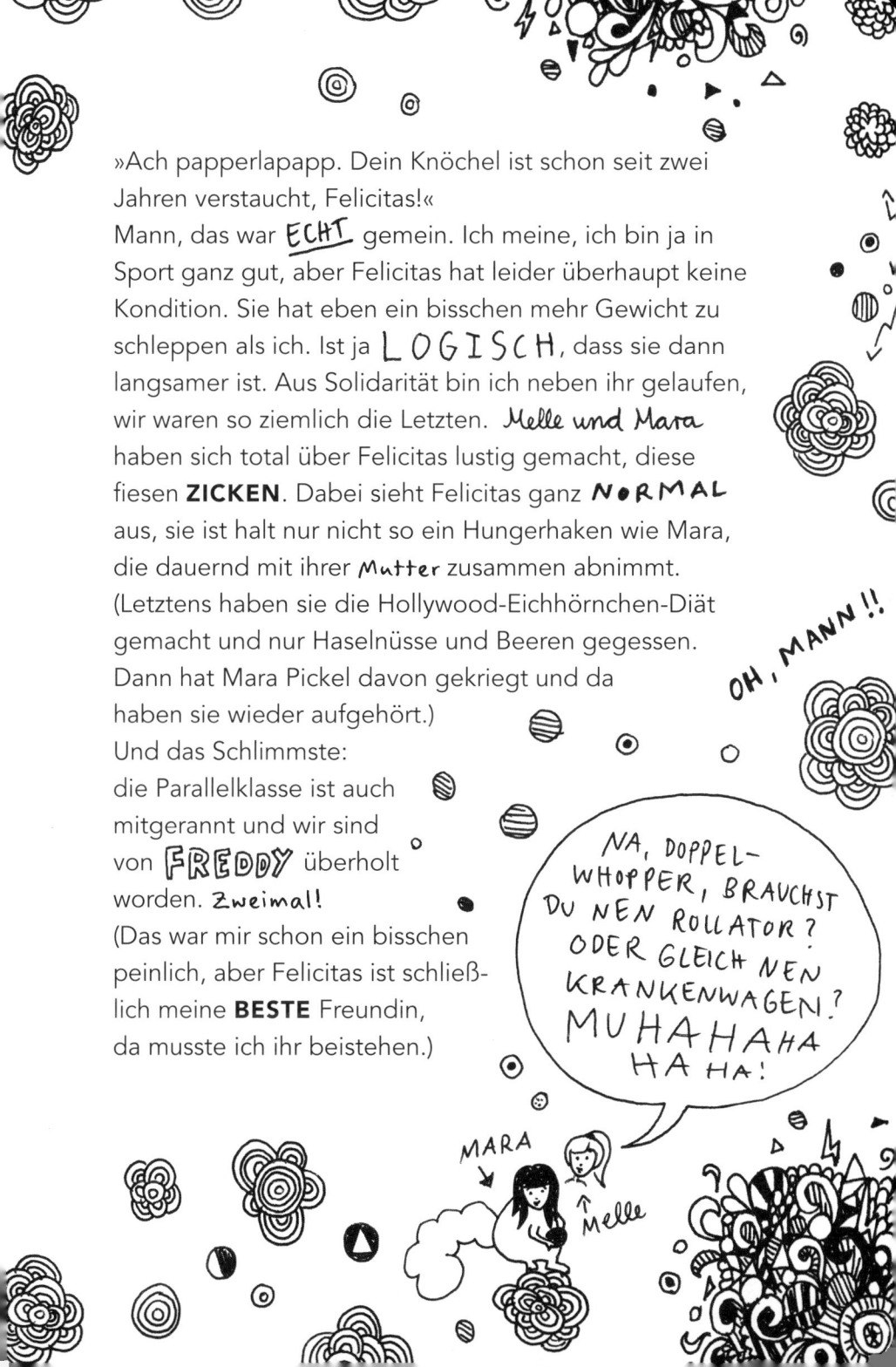

Außerdem habe ich etwas **UNGLAUBLICH** Aufregendes entdeckt: Freddy hat eine **Tätowierung**
auf dem Oberarm! Einen **Panther**, glaube ich.
Oder ~~EINE KUH~~ EIN BÜFFEL? Es könnte auch
ein ~~REH~~ HIRSCH sein, auf jeden Fall ein →**TIER**←.
(Aber kein Dackel.)

VOLL COOL!

Memo an mich selbst:
Unbedingt herausfinden, was genau das für ein
Bild ist. Und unbedingt auch eine Tätowierung
machen lassen! Oder wenigstens ein Piercing.
Aber nicht in die Zunge!!!

In Geschichte bei Frau Unger konnten Felicitas und ich
uns dann wenigstens von Sport erholen. Bei Frau Unger
kann man nämlich **PRIMA** dösen und abhängen.
(Wenn zufällig jemand in Geschichte in unser Zimmer
gucken würde, dann würde er sicher denken, dass die
ganze Klasse unter Drogen steht, weil alle mit glasigen
Augen vor sich hin dämmern.)
Die Droge ist aber weder Hasch noch Crack,
sondern **FRAU UNGER** selber. Oder besser gesagt:
Frau Ungers Jugend vor ca. **200 JAHREN!!!!**
Man muss nämlich nur geschickt das Thema auf Frau

laaaaaaang zweilig!

Ungers Jugend bringen und sofort wird sie ganz *melancholisch* und driftet weg.

»Frau Unger, wie war das eigentlich früher so, als Sie jung waren? Hatten Sie einen Freund?«

»Ja, da war zum Beispiel der Eckbert Allmeier, ein fescher junger Mann war das in seinen weißen Schlaghosen. Was haben wir zwei das Tanzbein geschwungen! Eure Frau Unger war nämlich auch mal eine flotte Biene, haha, und hat zweimal den **TANZPOKAL** im Disko-Fox und Jive gewonnen. 1972 und 1974. Oder 1973? Ja, wann war das denn jetzt noch mal …«

Diesmal war Frau Unger aber ganz *aufgeregt* und hat uns nicht in Ruhe schlafen lassen. Sondern hat uns gesagt, dass wir in diesem Schuljahr etwas ganz Großartiges machen werden. Wir sollten raten, was es ist.

»Wir machen bei *Deutschland sucht den Superstar* mit?« – »Klassenfahrt nach Disneyland Florida?« – »Wir schwimmen mit Haien?« – »Wir lernen japanische Kampfsportarten?«

»Nein, nein, viel **besser**. Wir werden die Geschichte unserer Stadt erkunden! Als historisches Projekt!«

ACH SO. Mann, und deshalb muss sie uns wecken??? Frau Unger hat dann erklärt, dass wir uns eine Zeitepoche unserer Stadtgeschichte auswählen sollen, vom frühen Mittelalter bis zur Gegenwart, und darüber ein Projekt machen werden. Wo wir uns auch so anziehen sollen wie die Leute in der Epoche. Dann gibt es einen *Festumzug* durch die Stadt, anlässlich der

750-Jahr-Feier. Angeführt von **FRAU UNGER** höchstpersönlich, die die 70er-Jahre unserer Stadt vertreten wird.

OH GOTT!

Aber etwas, was sie gesagt hat, war **WIRKLICH** toll – es wird nämlich ein Projekt **ALLER** 7. Klassen.

Ich sage nur:

Memo an mich selbst:
Unbedingt herausfinden, welche Epoche Freddy wählen wird!

Beinahe hätte ich ihn ja gefragt. Er stand im Foyer und hat die Selbstbildnisse angeguckt, die dort hingen. (Bei dem Bild von **LUKAS MEYER** ist er zusammengezuckt.) Dann hat er **MEIN BILD** angesehen und sich interessiert nach vorn gebeugt. Das war der PERFEKTE Zeitpunkt, ihn zu fragen, aber dann kamen **MELLE & MARA** um die Ecke und da hab ich mich nicht mehr getraut.

Stattdessen bin ich runter auf den Schulhof und habe **TATSÄCHLICH** noch ein Einwickelpapier von einem Kaugummi entdeckt. Es lag mitten auf dem Schulhof! Ich hab so getan, als ob mich das Papier überhaupt nicht interessiert, bin aber wie zufällig darauf zugeschlendert. Aus den Augenwinkeln habe ich bemerkt, dass noch mehrere Leute wie zufällig in Richtung Einwickelpapier geschlendert sind. Sie wurden dann immer schneller. (Ich auch!) Und zum Schluss sind wir alle gerannt und ich war als Erste dort und wollte das Papier aufheben, als so ein Riese aus der 9b meinen Arm nach hinten gerissen und keuchend **»MEINS!«** gebrüllt hat. Also so was Fieses, ECHT mal.

Bei der Theaterprobe habe ich dann den Text für die Rolle der Jessica bekommen.

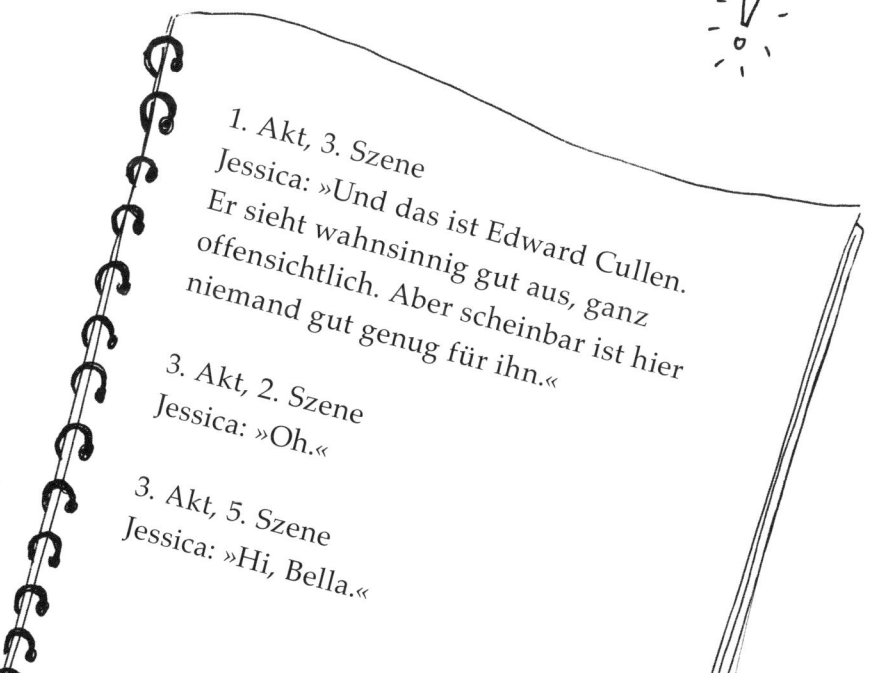

1. Akt, 3. Szene
Jessica: »Und das ist Edward Cullen. Er sieht wahnsinnig gut aus, ganz offensichtlich. Aber scheinbar ist hier niemand gut genug für ihn.«

3. Akt, 2. Szene
Jessica: »Oh.«

3. Akt, 5. Szene
Jessica: »Hi, Bella.«

Hm. Bisschen **mager** fand ich das schon.
Aber Felicitas und Hendrik und die meisten Werwölfe
hatten gar keinen Text. Betty Bauers Text war **15 SEITEN**
lang, sie konnte aber heute Nachmittag noch schlechter
sprechen, wegen ihrer geschwollenen Zunge.

> Edward, du bischt scho unfaschbar
> SCHTARK!

Abends habe ich dann meine Eltern gefragt, ob ich
ein **Piercing** oder eine **Tätowierung** haben könnte.
Es gibt da ja diesen Body-Art-Shop in unserer Stadt:

BODY ART BY NORBERT THE NEEDLE

Aber meine Eltern haben nur ganz laut gelacht.
Also, was ist daran bitte schön **SO LUSTIG?**
F R E D D Y hat schließlich auch eine Tätowierung.
Und **Betty Bauer** hat ein Piercing. Und hundert
andere Schüler aus der Schule haben GARANTIERT
sogar beides. Und selbst die Lehrer haben eins!

Also Herr Jürgens, der Hausmeister, hat jedenfalls eine Tätowierung am Arm (»Warrior King forever«). Wahrscheinlich bin ich die Einzige in der Schule, die noch **NICHT** bei Norbert the Needle im Body-Art-Studio war!

(Später hat Opa mir ein Rubbeltattoo geschenkt. Von einem Schmetterling. Das lag in der Zeitung drin, die er abonniert hat. Ein Rubbeltattoo ist zwar ungefähr so **COOL** wie ein Benjamin-Blümchen-Rucksack, aber ich habe mich trotzdem bedankt. Opa meint es immer so gut!)

OPA

Ich hab auch meine Schwester Nina am Telefon wegen Freddy/Piercing/Tätowierung um Rat gefragt. Sie meinte, ich soll das mit der Tätowierung lieber lassen, weil das manchmal danebengeht und man dann aussieht wie mit dem **HAMMER** geschminkt. Sie hat mir von ihrer Freundin erzählt, die jetzt einen total verhunzten Drachen am Hals hat.

Und sie meinte, ich soll mich lieber bei irgendwas einschreiben, was Freddy auch macht. Dann sind wir gezwungenermaßen zusammen.

GENIALE IDEE !!

OKTOBER

Der Herbst ist nun auch auf unserem Schulgelände eingezogen und sorgt mit seiner bunten Blätterpracht für viel Spaß.

Der Preis für die Klasse des Monats wird im November ein Ausflug mit Frau Unger ins Heimatmuseum sein. Toll!

Anmeldefrist für die Sprachreise nach Canterbury ist der 25.10.

Wir sprechen unserem Sprachassistenten Kenneth White hiermit unser tief empfundenes Beileid aus.

Die Bibliothek bleibt bis auf Weiteres geschlossen.

© LILLY LEHMANN, KLASSE 7B

KENNETH WHITE

Still = ?
1 immer noch
2 ?

OKTOBER (in echt !!!)

Wir hatten unsere erste Stunde bei Sprachassistent
Kenneth White und sie startete gleich mit einer
Tragödie. Kenneth White saß vorn am Lehrertisch in
seinem schwarzen **Anzug** und mit seinem schwarzen
Schlips und las eine englische Sportzeitung.
Er sagte: » *Hello!* «
Da klang er ja noch ganz fröhlich. Wir haben »Hello!«
zurückgesagt und uns gefreut, dass wir ihn so einfach
verstanden haben. Doch dann hat er geseufzt, die
Sportzeitung zusammengefaltet, uns angeguckt und
noch etwas anderes gesagt. Es klang wie:
»EISTILLLOVTOTTENNMAN.«
Dann hat er uns erwartungsvoll angeguckt. Es wusste
aber keiner, was Kenneth gesagt hat, deswegen haben
wir uns beraten.

? ? !
? Ei lov
= !
Ich
Liebe
?

»Ei lov«, hab ich gesagt, »bedeutet garantiert ›Ich liebe‹.«
Die anderen haben mir murmelnd zugestimmt, aber was
hatte er noch gesagt? **Kenneth White** saß immer
noch alleine da vorn in seinem **SCHWARZEN** Anzug
und hat wieder geseufzt.
»*Still* heißt immer noch«, hat einer von den Jungs
gesagt, der in einer Übersetzungs-App nachgeguckt hat.
»Ich hab's«, hat Melle da geflüstert.

Ich
hab's!

(So **DOOF** sie sonst ist, so gut ist sie in Englisch, das muss man leider zugeben.)

»Er hat gesagt: ›Ich liebe immer noch toten Mann.‹«

»Oh!«

»Das bedeutet, dass er einen toten Mann liebt. Also ist er **schwul**. Und sein **LOVER** ist gestorben. Das will er uns mitteilen.«

Der **ARME** Kenneth White!

Deshalb auch immer der **SCHWARZE** Anzug!!!

Er tat uns jetzt furchtbar leid und ein paar Mädchen haben gleich angefangen zu weinen.

» SORRY «, hab ich zu ihm gesagt.

»We are very, very, very sorry.«

Und Felicitas ist aufgestanden und hat ihm einen Schokoriegel vorgebracht, den sie eigentlich selber essen wollte.

Kenneth White hat **verwirrt** geblinzelt und uns leicht verwundert betrachtet und seine Zeitung hin und her geschoben. Wahrscheinlich war er von so viel Anteilnahme ganz gerührt. Dann hat er den Schokoriegel gegessen und alle haben ihm stumm zugeguckt. Wenigstens hatte er seinen Appetit noch nicht verloren.

Die restliche Stunde hat **Kenneth White** dann gesprochen und wir haben ihm zugehört und nichts verstanden, aber keiner hat was gesagt, denn er wollte sich sicher seinen **KUMMER** von der Seele reden.

Ich hab in der Zeit runter auf den Schulhof geguckt.

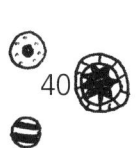

Da sah es aus wie nach einer Bombenexplosion.
Überall lag etwas herum – Papier, Orangenschalen, Gammelbrote, Klamotten usw.

Seit einer Woche haben nämlich alle Aufräumer ihre Aktivitäten SCHLAGARTIG eingestellt.

(Genauer gesagt seit dem Moment, als der Novemberpreis für die KLASSE DES MONATS bekannt gegeben wurde. Ein Ausflug ins Heimatmuseum mit Frau Unger. BRÜLL!!!)

Draußen fielen jetzt massenhaft bunte Blätter von den Bäumen und haben das Chaos auf dem Schulhof unter sich begraben. Es sah richtig schön aus.

In der Pause haben so ein paar Knirpse aus der 5. Klasse (= Wilhelm, der grässliche Bruder von Felicitas) angefangen, uns mit Blättern zu bewerfen. Erst waren wir ja genervt, weil uns dauernd ein Blatt an die Stirn gesegelt ist, aber dann haben Felicitas und ich Wilhelm geschnappt und in einen Laubhaufen gesetzt, und plötzlich, ich weiß auch nicht wie, war die totale BLÄTTER-SCHLACHT im Gange. Alle haben mitgemacht!

(Sogar Herr Offenbach hat ein buntes Blatt aufgehoben und Frau Wenz die Farbkomposition darin erklärt. Frau Wenz hat sich gebärdet, als ob sie noch NIE in ihrem Leben ein Blatt gesehen hat, und sich überschwänglich bedankt. Wenn es zwischen den beiden nicht definitiv funkt, gehe ich freiwillig mit Frau Unger im 70er-Jahre Look ins Heimatmuseum!)

JUHUUU!!

Und dann passierte das Beste, was dieses
Schuljahr bislang zu bieten hatte: **FREDDY**
hat eine große Handvoll Blätter genommen und
IN MEINE RICHTUNG

JUHUUU

FREDDY

FREDDY

geworfen. Und dabei hat er so süß
gelacht! Ich hab auch gelacht und eine
Ladung Blätter zurückgeworfen.
Und Freddy hat »Hoppla, Lilly, nicht

Sooo Süß !!

so stürmisch!« gesagt.
Freddy kennt meinen **NAMEN !!!!**
Freddy schmeißt mit Herbstlaub nach **mir**!!!!
Das war der glücklichste Moment meines Lebens.
Felicitas war auch total *happy*, denn sie hat ein
Foto von Hendrik machen können. Diesmal sogar
von vorn. Man konnte sein Ohr und ein halbes Auge
und ein kleines Stück vom Mund sehen. Felicitas meinte,
das Foto wäre **end - süß**. Na, von mir aus.

Als ich vom Schulhof reinkam, hat Kenneth White gerade
einen **Aushang** neben das Sekretariat ans Informations-
bord gepinnt.

Let's visit Canterbury!
Alle Schüler der 10. – 12. Klassen sind
herzlich eingeladen, sich für eine Sprachreise
nach Canterbury im Januar einzuschreiben.
Unser Sprachassistent Kenneth White wird
euch eine Woche lang seine wunderschöne
Heimatstadt zeigen und in einem Intensivkurs
eure Englischkenntnisse auf Vordermann
bringen. Bei Interesse bitte bis zum 25. 10. im
Sekretariat anmelden.

Da tat mir Kenneth White gleich wieder **SO** leid.
Wahrscheinlich will er in Canterbury das Grab seines
toten Freundes besuchen!
»We are very, very, very sorry!«, hab ich ihm wieder
versichert, als ich an ihm vorbeigelaufen bin. (Diesmal
hat Kenneth White aber **N O C H** verwirrter geguckt.)

Dann hatten wir Kunst und Herr Offenbach hat diesmal
** z i e m l i c h** lange und nachdenklich auf den leeren

Platz neben mir gestarrt. Dann hat er die Stirn gerunzelt und gefragt: »Ist denn der **LUKAS MEYER** immer noch krank?«

Mir ist ja gleich vor **PANIK** der Stift aus der Hand geschnipst und unter den Tisch gerollt. Ich bin sofort abgetaucht, aber da hat **SVEN HÜBNER** von vorn gerufen: »Aber nein, der Lukas Meyer ist wieder gesund. Der war doch in der letzten Stunde da, haben Sie ihn nicht gesehen? Heute muss er nur was für Frau Unger erledigen.«

Herr Offenbach hat geguckt, als ob er gerade erfahren hat, dass Frau Wenz einen anderen heiratet. So verstört und verdattert irgendwie. Und hat irgendwas von Augen und neuer **BRILLE** beim Optiker bestellen gemurmelt. Und dann hat er gesagt: »Der Lukas Meyer muss aber trotzdem seine Tonskulptur abgeben.«

Nach der Stunde hat die ganze Klasse dann gelost, wer die Tonskulptur machen muss. Raus kam Hendrik. Er hat wieder **end-süß** (O-Ton Felicitas) gelächelt, und da hat sich Felicitas daran erinnert, dass wir in diesem Schuljahr ja noch gar nicht unsere

aufgestellt haben!!!
Das haben wir gleich nachgeholt:

WER-LIEBT-WEN?

♡ ♡

1. Felicitas liebt Hendrik, weil er end-süß und geheimnisvoll lächelt, und das schon seit sieben Jahren*.

$F + H = ♥_K$

*Mehr gibt es zu Hendrik leider im Moment noch nicht zu sagen.

2. Lilly liebt Freddy, weil er eine coole Tätowierung (Panther?) hat, supernett ist, gut aussieht, ihren Namen kennt, mit Laub nach ihr wirft (aber auf herzliche Art und Weise), schwächeren Mitmenschen hilft (z. B. Emo-Anni beim Stiftaufheben), sich für Kunst interessiert (z. B. Lillys Selbstbildnis).

LOVE

3. Melle und Mara lieben Freddy ebenfalls. Aber er sie nicht. 100 %ig nicht!!!

$M \& M + F = ✗$

4. Sven Hübner liebt Lilly. Schon seit dem Kindergarten, weil Lilly ihm damals geholfen hat, als ihn jemand ärgern wollte. Aber Sven Hübner ist ein Nerd und reicht Lilly nur bis zur Hüfte und ist total indiskutabel und überhaupt.
Felicitas – muss der mit hier auf die Liste???

5. ALLE Mädchen des Schiller-Gymnasiums lieben den tollen Typen aus der 11. Klasse, dessen Namen wir nicht kennen und der den Edward Cullen im Theaterstück spielt. Er ist absolut HOT. Sein Spitzname in der Schule ist Hottie!!!

6. Falk Winter aus unserer Klasse liebt meine andere Freundin Sarah. Sie sitzt vor ihm und er zupft sie immer an den Haaren. Und wenn sie sich umdreht, dann lacht er albern und sie verdreht die Augen und sagt immer: »Menno, Falk, ej echt mal!« Aber sie kichert dabei.   F + S = ♡

7. Herr Offenbach liebt Frau Wenz!!! Aber so was von! Er hat sie gemalt, das Bild haben wir auf einer Staffelei im Kunstraum gesehen. Aber es war kein ~~nackiges Bild~~ Aktbild.   O + W = ♥

WER LIEBT ♥ WEN? ♥   LOVE

Beim Mittagessen in der Cafeteria habe ich dann etwas UNGLAUBLICH Wichtiges erfahren. Ich stand nämlich FAST hinter Freddy in der Schlange. Zwischen ihm und

mir befand sich nur ein gackerndes **blödes** Hindernis:
MELLE & MARA. Sie haben sich immer gegenseitig
in Richtung Freddy geschubst. Und zu mir haben sie
gesagt: »Ey, Lilly, du störst hier gerade bisschen.
Der Platz hinter uns ist reserviert, hau mal ab.«
Aber ich bin total **COOL** stehen geblieben und Freddy
hat die beiden überhaupt nicht beachtet. Wann kapieren
die eigentlich, dass er **NICHTS** von ihnen will?? ☹
Und genau als Freddy einen Teller mit Bulette und Bröt-
chen und einen Apfel aufs Tablett gestellt hat, flatterte
die wichtige Information an meine Ohren.
»Die Äpfel sind voll vergammelt. Sind die noch aus
dem Mittelalter oder was?«
»Nee. Die sind noch gut. Nächster!«
Das war mal wieder typisch unsere Küchenfrau.
Und da hat Freddys Freund neben ihm gesagt:
»Den Ekel-Apfel kannste doch voll für dein komisches
Projekt nehmen.«
Freddys historisches Projekt ist das **MITTELALTER!!!!**
Ich hab mich in Geschichte sofort auch für die mittel-
alterliche Periode unserer Stadt eingeschrieben.
Ab heute interessiere ich mich brennend für das Mittel-
alter. Denn das bedeutet: Freddy und ich werden beim
Festumzug nebeneinanderlaufen.

Ein paar Tage später ergab sich dann gleich noch eine fantastische Gelegenheit, etwas in puncto F R E D D Y anzukurbeln. In Mathe hat nämlich unser Mathelehrer Herr Sader (Spitzname S A D O – M A S O, weil er so fies ist) gesagt: »Nächsten Monat ist wieder die Matheolympiade. Ich lasse mal die Liste rumgehen. Wer mitmachen will, bitte eintragen.«

Das war *natürlich nicht* ernst gemeint, weil kein normal denkender Mensch bei so was mitmachen würde. Und deswegen haben alle die Liste nur weitergeschoben, damit sie schnell ihr Ziel erreicht und bei S V E N H Ü B N E R ankommt, der sich auf die Matheolympiade immer mehr als auf Weihnachten freut. Ich wollte die Liste auch nur gleichgültig weiterschieben, als meine Blick auf den einen N A M E N fiel, der da wundersamerweise schon stand.

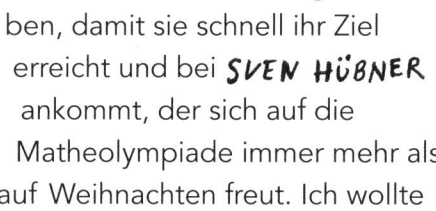

FREDDY FRANKE, KLASSE 7a

Freddy macht bei der Matheolympiade mit?
Zitternd habe ich meinen Namen daruntergeschrieben. Ich konnte gar nichts dagegen tun, meine Hand hat sich wie ferngesteuert bewegt. Alle haben mich angestarrt, und Felicitas hat versucht, mir den Stift aus der Hand zu reißen und hat »Bist du bekloppt?« gezischt.

Aber ZU SPÄT. Die Liste ging schon weiter zu Sven
Hübner. Der hat auf die Liste geguckt und gestutzt und
dann hat er begeistert die Augen aufgerissen und sich
die Hände gerieben. Und zu mir geguckt und den Dau-
men hochgehalten. Sven Hübner freut sich schon auf
mich bei der Matheolympiade! **HELP!** Und dann
hat er die Liste zurück zu Sado-Maso geschickt. Der hat
darauf geguckt, ebenfalls gestutzt und dann zog ein
SADISTISCHES LÄCHELN über sein Gesicht.

»Die Lilly Lehmann will also dieses Jahr mitmachen,
so, so«, hat er gesagt und auf eine ganz besonders höh-
nische Art und Weise gelacht. »Dann kannst du ja gleich
mal üben, Lilly. Komm mal vor an die Tafel.«

OH NEIN!

»Wie alt ist die Mutter?
Sie ist heute dreimal so alt
wie ihr Sohn und vor fünf
Jahren war sie viermal
so alt wie ihr Sohn.«

Zum **GLÜCK** hat es da geklingelt.

»Wir machen morgen →**G E N A U**← da weiter«, hat Sado-Maso gedroht und wieder fies gelacht.

Ich bin schnell aus dem Klassenzimmer gerannt und draußen im Flur mit **Kenneth White** zusammengeprallt. Er war unglaublich fröhlich (vor Trauer verrückt geworden?) und hat mit seiner Sportzeitung herumgefuchtelt.

»Tottenamissäwinner!«, hat er zu mir gesagt.

»Toter Mann ist ein Gewinner?«, hab ich vorsichtig zurückgefragt. (**EINDEUTIG** verrückt geworden. Eigentlich müsste ich irgendeiner Lehrkraft Bescheid sagen.)

»**YES!**«, hat Kenneth White freudig gerufen und mir auf die Schulter geklopft. Dann hat er mir seine Zeitung hingehalten.

»FC TOTTENHAM BEATS MANCHESTER UNITED 2 : 1!«

Der Oktober endete mit drei **GANZ** entsetzlichen Entdeckungen: 👁

1. Kenneth White ist weder schwul noch vor Trauer verrückt geworden. Er ist Fußballfan. Das ist alles.

2. Ich habe keinen blassen Schimmer, wie alt die blöde Mutter von Herrn Sader ist. Ich werde es auch nie in meinem Leben herausfinden. Schon gar nicht bis morgen.

3. In Geschichte hab ich gesehen, dass Freddy gar nicht das Mittelalter gewählt hat. Sondern das 18. Jahrhundert.* Die Einzigen, die das dusslige Mittelalter mit mir machen, sind Melle und Mara, die offenbar in der Cafeteria auch gelauscht haben. Mit denen muss ich mich als pestkranke Aussätzige verkleiden. Und wir dürfen unser Projekt nicht mehr ändern!!!

* Den Apfel hat er für einen Bio-Vortrag genommen, irgendwas über Konservierungsstoffe. Mist!

NOVEMBER

Das Schiller-Gymnasium wurde bei der diesjährigen Matheolympiade unserer Stadt erfolgreich vertreten und schaffte es dort auf den 3. Platz. Herzlichen Glückwunsch an unser super Mathe-Team!

Herr Offenbach bittet darum, dass alle Schauspieler ihre Texte lernen.

Bibliotheksbücher können ab sofort jeden Nachmittag von 14.00–15.00 Uhr bei Frau Unger in Raum 217 entliehen werden.

Der Preis für die Klasse des Monats wird im November leider nicht vergeben.

Die Bibliothek bleibt bis auf Weiteres geschlossen. Die Mädchentoiletten in der ersten Etage bleiben bis auf Weiteres geschlossen.

© LILLY LEHMANN, KLASSE 7B

52

NOVEMBER (IN ECHT!!!)

Am Tag der *MATHEOLYMPIADE* wäre ich am liebsten gar nicht in die Schule gegangen. Mir war total schlecht vor Aufregung. Außerdem wusste ich auch nach zwei Wochen noch nicht, wie alt Herrn Saders Mutter war. Zum Glück hatte er das aber *VÖLLIG* vergessen.

»Ist die Mutter 60? Dann ist der Sohn 20 und vor fünf Jahren war die Mutter 55 und der Sohn war 13,75 Jahre alt? Dann kann der Sohn jetzt nicht 20 sein. Ist die Mutter 120? Dann ist der Sohn 40 und vor fünf Jahren war die Mutter 115 und ... Wird überhaupt jemals jemand 120 Jahre alt? Warum hat die Frau keine Tochter? Ist sie vielleicht noch jung und erst 27? Dann ist der Sohn 9 und vor fünf Jahren war er 4, aber das kann auch nicht sein, denn eigentlich hätte er dann 6 sein müssen, aber er ist nur 4. Warum hat die Frau *überhaupt* Kinder? *HILFE!* Ich halte das nicht aus!!!«

(Meine Schwester wusste es übrigens auch nicht, meine Eltern auch nicht, Opa auch nicht. Opa meinte, man soll Frauen sowieso *NIE* nach ihrem Alter fragen, das wäre unhöflich. *GENAU!*)

Ich bin vor der Schule noch schnell in den Supermarkt an der Ecke gegangen, um mir was Süßes für später zu kaufen, weil ich am Morgen vor Aufregung gar nichts hatte frühstücken können. Und plötzlich habe ich Opa gesehen, er ist im **SCHLAFANZUG** ganz munter die Gänge entlangspaziert und beim Katzenfutter stehen geblieben. (Dabei haben wir gar keine Katze!!!) Ein paar Leute haben getuschelt und gekichert und dann hab ich auch noch diese Stimme gehört:

KATZEN-FUTTER

OPA im Supermarkt

GUCK MAL, DER ALTE DA. VOLL DER PENNER HAHA!

MELLE

Mann echt, müssen die beiden Zicken mir denn dauernd über den Weg laufen? Ich war **TOTAL** wütend und bin zu **OPA** gegangen und hab ihm das Katzenfutter wieder aus der Hand genommen. »Komm, wir gehen, Opa!«, hab ich laut gesagt. »In dem Laden hier kaufen nur blöde Leute ein.«

»Mir gefällt's aber hier«, hat Opa protestiert, doch ich hab ihn schnell rausgeführt.

Melle und Mara haben irgendwas geflüstert und gemein über meinen Opa gelacht. Und mit denen muss ich mich als **PESTOPFER** verkleiden und zum Festumzug in einer Reihe laufen. Ich darf gar nicht daran denken! Jedenfalls hab ich ganz vergessen, was Süßes zu kaufen, und dann hatten wir auch noch erste Stunde Kunst und Hendrik hat mir diese potthässliche Tonskulptur von Lukas Meyer in die Hand gedrückt.

»Was soll denn das sein?«, hab ich gefragt, aber Hendrik ist sofort wieder abgehauen und dann hat es geklingelt. Die Tonskulptur sah aus wie ein Glas Nutella mit fünf Beinen und einer Zwiebel mit Antenne als Kopf.

»Was soll denn **DAS** sein?«, hat Herr Offenbach misstrauisch gefragt, als ich ihm wortlos die Skulptur überreicht habe.

»Die ist von Lukas Meyer«, hab ich gestottert. »Sein … exotisches Haustier. Es ist nämlich …«

»… gestorben«, ist mir SVEN HÜBNER zu Hilfe gekommen. »Deshalb will Lukas ihm mit einer Tonskulptur ein Andenken setzen.«

»Es hieß Platti«, hat Felicitas ergänzt. »Es war aus dem Regenwald und sausüß.«

Ich habe nur stumm auf meinen Notizblock gestarrt. In diesem Moment ist der Kopf von »Platti« abgefallen, auf meinen Tisch geknallt und in TAUSEND Stücke zersprungen. Ein Raunen ging durch die Klasse und

PLATTI

jemand hat »Der arme Lukas Meyer!« geflüstert. Herr Offenbach hat hastig versucht, die Platti-Kopf-Krümel wieder aufzuklauben, aber da war nichts mehr zu retten. »ÄH, JA. Na, so was. Also. Ja. **VAN GOGH. SONNENBLUMEN.** Unser nächstes Thema«, hat Herr Offenbach gemurmelt und vor lauter Durcheinander ganz vergessen zu fragen, wo LUKAS MEYER denh heute wäre.

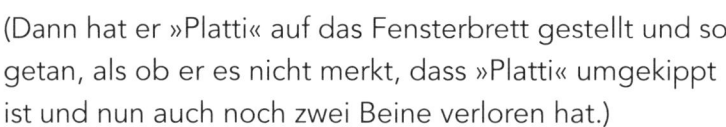

(Dann hat er »Platti« auf das Fensterbrett gestellt und so getan, als ob er es nicht merkt, dass »Platti« umgekippt ist und nun auch noch zwei Beine verloren hat.)

Im Laufe des Tages wurde mir immer schwummeriger zumute, und kurz bevor ich zur Matheolympiade musste, bin ich noch mal auf Toilette. Da stand Betty Bauer vorm Spiegel und hat sich geschminkt. Ihre Lippen waren blutrot, ein Auge war schon schwarz umrandet, das andere noch nicht.

»Mach ihn an. Quatsch ihn einfach an«, hat eine Stimme aus dem Klo gerade gesagt. »Dann wird er schon merken, wie knuffig du bist.«

»Hey, HOTTIE, ich bin so cknuffig!«, hat Betty gehaucht, und dann hat sie laut gelacht und einen roten Lippenstiftmund auf den Spiegel geküsst und gesagt: »Die Pipiboxen hier sind übrigens alle verstopft, bis auf die letzte dahinten.«

Es hat einen Moment gedauert, bis ich geschnallt habe, dass sie mit mir geredet hat.

JUHUUU!!

Betty Bauer hat mit mir geredet! **MIT MIR**! Und mir gute Ratschläge bezüglich der Schulklos gegeben! **UNGLAUBLICH!**
Das war ein **SUPERGUTES** Zeichen und sofort ging es mir besser. Und so bin ich nicht mehr ganz so wacklig mit den ganzen Mathefreaks in den Bus gestiegen, der uns zur **MATHEOLYMPIADE** ins Einstein-Gymnasium bringen sollte.

Im Bus saßen:

– *Freddy! Er hat mich angelächelt!* ☺
– *Sado-Maso, unser Mathelehrer (er hat mich auch angelächelt, aber auf hinterlistige Art und Weise)*
– *eine kleine alte Frau neben ihm (seine Mutter? Unbedingt herausfinden, wie alt sie ist!!!)*
– *Sven Hübner (hat sich vor Freude bald überschlagen, als er mich gesehen hat)*
– *zwei der Hacker-Jungs*
– *Alice Winkler aus der 8. Klasse, von der alle behaupten, sie habe Lernbulimie (d. h. Wissen reinstopfen und bei Prüfungen wieder rauswürgen)*
– *noch ein paar andere Mädchen, die ich nicht kannte und die sich die Busfahrt mit dem Buch »Geometrie für Genießer« verkürzt haben*

OH, MANN

mmh...

Doch als wir im Einstein-Gymnasium angekommen sind,
wurde mir wieder ganz schlecht. Wir wurden nach Klas-
senstufen in Gruppen aufgeteilt und die kleine alte Frau
(die nicht Herrn Saders Mutter war, sondern die von
Alice Winkler) hat jedem einen Apfel und eine Flasche
Orangensaft gegeben und »Viel Glück!« gesagt.
Freddy und Sven Hübner und die zwei Hacker und ich
mussten unsere Handys abgeben und in den Vorberei-
tungsraum gehen.

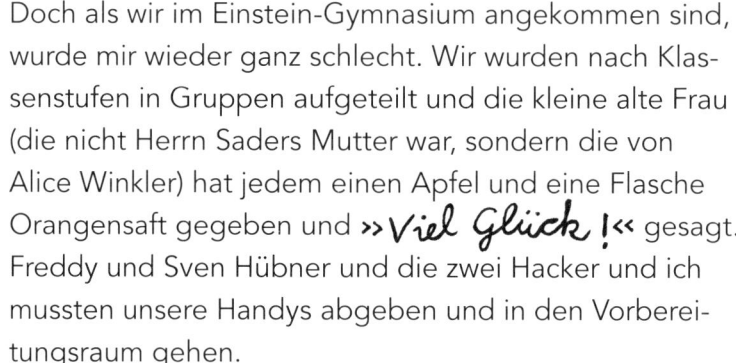

»Du machst die Bruchrechnung«, hat einer der HACKER
zu mir gesagt.

»Auf gar keinen Fall«, hab ich mich sofort gewehrt.

»Ich kann die Bruchrechnung machen«, hat Sven Hübner
gesagt. »Zum Aufwärmen. Aber lasst mir auch noch was
Schwieriges übrig.«

OH GOTT! Wo bin ich hier nur hineingeraten???
Mir war jetzt so schlecht, dass ich gar nichts mehr mitge-
kriegt habe und mich nicht mal darüber freuen konnte,
dass Freddy neben mir saß. Und dann war es so weit
und wir mussten in diesen Raum, und ein Mann mit
Anzug hat uns einen Packen Aufgaben gegeben und
»Los geht's, **SPORTSFREUNDE**!« gesagt. An den anderen Tischen saß schon die Konkurrenz: drei Gruppen
Siebtklässler aus anderen Schulen. Sie haben nur ver-
ächtlich gegrinst, als wir reinkamen.

»Macht sie fertig, Leute«, hat einer von unseren
Hackern gezischt.

Ich hatte ja gehofft, dass ich einfach nur still am Tisch

sitzen und so tun könnte, als ob ich was wüsste, aber
es kam sofort der **SCHRECKLICHE** Teil: die mündliche
Runde, wo der Anzugmann immer eine Frage an jeden
Tisch abgefeuert hat und die Leute der Reihe nach
AUFSTEHEN & ANTWORTEN mussten!
Jetzt wurde mir so schlecht, dass es sogar Sven Hübner
gemerkt hat.
»Lilly sieht voll krass weiß aus irgendwie.«
An den anderen Tischen sind die Leute jetzt wie Steh-
aufmännchen hochgeschnippt und haben irgendwelche
Antworten gekräht, zu denen ich nicht mal die Frage
verstanden hatte.

Dann war unser Tisch dran.
»Dividiere das Produkt aus −18 und −5 durch die
Summe aus 18 und −12!«
Sven und Freddy und die Hacker haben alle der Reihe
nach was geantwortet, aber ich habe nur gesehen,
wie sie ihre Lippen bewegt haben, denn in meinen
Ohren hat es gerauscht wie VERRÜCKT, und dann hat
mich Sven Hübner angestupst und ich bin so langsam
und schwerfällig aufgestanden, als ob ich mich unter
Wasser befände.
»Fünf Bücher kosten 48 Euro. Wie viel kosten 23 Stück?«

59

ALLE haben mich angestarrt, und ich habe eine Fliege beobachtet, die die Wand hochgekrabbelt ist, und gerade gedacht, wie *schön* es doch wäre, jetzt ein kleines Insekt zu sein, als es auf einmal **SCHWARZ** um mich herum wurde.

Ich bin ohnmächtig geworden!

Als ich wieder aufgewacht bin, lag ich auf dem **FUSS-BODEN** und eine Frau hat mein Gesicht mit einem kalten Lappen abgewischt, und um mich herum standen lauter Leute und haben auf mich hinuntergeguckt und Herr Sader hat sich gestresst die Stirn gerieben und jemand hat »Gott sei Dank, sie lebt noch!« gesagt. Dann hab ich gemerkt, dass jemand meine Hand gehalten hat.

Es war **Freddy**! Und obwohl ich doch *garantiert* ganz furchtbar aussah und obwohl mir immer noch schlecht war und meine Haare von der blöden Lappenwischerei im Gesicht klebten, war ich auf einmal ganz *glücklich!* Denn Freddy hat gesagt »Mensch, Lilly, hast du uns erschreckt«, und dann hat er meine Hand *NOCH FESTER* gehalten.

Ich durfte mich dann im Krankenzimmer ausruhen und das Mathe-Team hat ohne mich weitergemacht (und nie erfahren, wie knapp sie an einer totalen **BLAMAGE** vorbeigesegelt sind …)

Als sie fertig waren, haben sie mich *alle* getröstet, weil ich ja nun nicht hatte mitmachen können (**HAHA!**), und Herr Sader hat gesagt, dass Freddy

61

und Sven Hübner mich nach Hause bringen sollen,
falls ich wieder umkippe.

SADO-MASO denkt echt mit, wer hätte das gedacht!
Nur Sven Hübner hätte er sich ECHT sparen können.
Zum Abschied hat Freddy vor meinem Haus wieder
meine Hand genommen und Sven Hübner hat sich
gleich eifersüchtig meine andere Hand geschnappt, und
so standen wir eine Weile zu dritt da wie zur Polonaise,
und dann ist Sven Hübner endlich gegangen und
Freddy hat sich geräuspert und sein Gesicht zu mir
gedreht, und plötzlich ist mir aus irgendeinem Grund
voller PANIK eingefallen, dass ich ja gar nicht küssen
kann. Woher auch? Was, wenn Freddy mich demnächst
mal küssen will und ich stehe da wie bestellt und nicht
abgeholt und schnappe nur nach Luft wie ein Goldfisch?
Da bin ich voller Panik ins Haus gerannt.
Das muss sich unbedingt ändern! Dringend herausfinden, wie man richtig küsst!

Kuss-erfahrene Menschen fragen (Felicitas?
Meine Schwester Nina? Evtl. Betty Bauer?)
KÜSSEN üben. Aber mit wem???
Informationsmaterial besorgen! Zeitschriften?
Filme? YouTube?

Am nächsten Tag in der Schule wollte ich mir gleich ein paar Bücher zum Thema (Küssen!) ausleihen und außerdem noch mal das Buch »Biss zum Morgengrauen« für das Theaterstück. Ich bin also zum Raum 217 gegangen, wo FRAU UNGER jetzt eine Art Ersatz-bibliothek verwaltet.

Was ich in der Bibliothek holen wollte:

»Küssen hat noch nie geschadet«
»Küssen will gelernt sein«
»Franzosen küssen besser«
»Traumküsse«
»1000 Küsse und ein Date«
»Unverhofft küsst oft«
»Chaos-Küsse«
»Klassenfahrt mit Kuss«
»Biss zum Morgengrauen«

Frau Unger hat sich total gefreut, denn ich war die Erste, die überhaupt zu ihrer Bibliothek in Raum 217 gekommen ist, und deshalb hat sie mir gleich ein paar Bücher empfohlen, die sie in ihrer Jugend geliebt hat. Die Bücher, die ich wollte, hatte sie alle nicht, außer dem Biss-Buch, und weil sie sich so über meinen Besuch gefreut hat, wollte ich sie nicht enttäuschen, und deshalb

bin ich mit einem Stapel Frau-Unger-Bücher wieder herausgekommen.

Was ich in der Bibliothek geholt habe:

»Britta, die Reitlehrerin«
»Adieu, Babette«
»Fritz, der Lausbub«
»Kurt und Inge«
»Ursel wird Stewardess«
»Tanz im Landschulheim«
»Discofox – eine Anleitung«
»Gudrun verlobt sich«
»Biss zum Morgengrauen«

Als ich zur Theaterprobe gegangen bin, stand auf einmal Felicitas' Vater im Gang. Er war ganz **ROT** im Gesicht und hat mit unserer Schulleiterin Frau Rössler geredet. Ach, du Kacke!!! (Hat Felicitas was ausgefressen? Sie war heute nicht in der Schule und hatte nicht auf meine SMS geantwortet, und ich wollte ihr doch **UNBEDINGT** von der Matheolympiade/Ohnmacht erzählen und mir Ratschläge wegen Freddy/**KÜSSEN** holen!)
Bei der Theaterprobe war sie auch nicht. Dort war nur ein ziemlich entnervter Herr Offenbach, weil »Edward«

FRAU RÖSSLER

(Hottie) und »Bella« (Betty) und überhaupt irgendwie alle ihren Text nicht gelernt hatten. Außer MIR!
»Bella. Die eiskalten Werwölfe … äh, Indianer … äh, die VAMPIRE meine ich, also die sind Vegetarier und essen keine Menschen, also trinken keine Menschen meine ich …«

Doch in dem Moment hat Betty Bauer aus Versehen ihr Zungenpiercing verschluckt, weil es locker war, und sie hat geheult und geflucht und alle wollten ihr helfen, aber keiner wusste, wie. Deswegen haben sich alle gestritten und Herr Offenbach hat immer nur wieder »Mensch, Leute, was soll denn das?« gerufen, und der Hottie-Edward ist eine rauchen gegangen und Betty-Bella dann auch und die Vampire hatten nichts zu tun und haben rumgealbert und so getan, als ob sie sich gegenseitig in den Hals beißen.

Doch dann kam FRAU WENZ und hat gesagt:

Und dann war endlich Ruhe und die Probe ging vernünftig weiter. (Zum Schluss hat Herr Offenbach leise zu Frau Wenz »Danke, Caroline. Du bist ein Schatz!« gesagt. SCHATZ! Ich hab es ganz genau gehört!)

Ich hab draußen gleich Felicitas angerufen und wollte
ihr davon berichten, aber sie hat mich gar nicht aus-
reden lassen, sondern hat gesagt: »Mann, die Rössler!«
Ach ja, richtig, unsere neue Schulleiterin Frau Rössler,
die hatte ich VÖLLIG vergessen.

»Hast du was ausgefressen? Wo warst du denn heute?
Die Rössler hat vorhin mit deinem Vater geredet!«
Felicitas hat gesagt, dass sie heute krank war, aber nicht
weiter schlimm, nur Husten und Schnupfen und so. Und
dass etwas anderes WIRKLICH SCHLIMM ist,
nämlich das mit Frau Rössler.

Die ARME Felicitas! Bestimmt hat sie massiven Ärger
mit ihrem Vater wegen der Schulleiterin gekriegt. Aber
das war es nicht.

»Die RÖSSLER ...«, hat Felicitas gesagt und dabei
so gequält geröchelt. »Es ist so schrecklich, Lilly.
Also – mein Vater ist, glaube ich ... in die Rössler
VERKNALLT !!!!«

DEZEMBER

Im Dezember halten viele Lehrer nette kleine Weihnachtsüberraschungen für uns Schüler bereit. Danke, liebe Lehrer!

Auch unser Sprachassistent Kenneth White hat die Vorweihnachtszeit in unserer Schule sehr eindrucksvoll mit englischen Weihnachtstraditionen bereichert und damit für viel Freude gesorgt.

Die Bibliothek ist wieder geöffnet.

Der Titel »Klasse des Monats« wurde in »Schüler des Monats« umgeändert. Schüler des Monats sind im Dezember Sven Hübner, Klasse 7b, und Lilly Lehmann, Klasse 7b. Sie gewinnen zusammen zwei Kinokarten. Glückwunsch.

Die Mädchentoiletten in der ersten Etage bleiben bis auf Weiteres geschlossen.

Fröhliche Weihnachten!

© LILLY LEHMANN, KLASSE 7B

DEZEMBER *(in echt !!!)*

In Mathe hatte **SADO-MASO** sich eine ganz besondere Überraschung für uns ausgedacht: Mathe-Advents-
kalender. Jeden Tag musste ein anderes armes Opfer
einen Zettel aus einer Schachtel ziehen und eine von
Sado-Masos *schrecklichen* Kalenderaufgaben lösen.
(Am liebsten hätte er sie wahrscheinlich noch in kleine
Päckchen mit Schleifchen verpackt und mit Zuckerguss
bestrichen.)
Am 5. Dezember war ich dann dran. Ich habe auf den
blöden Zettel gestarrt und konnte es nicht fassen.
Ich konnte es **ECHT** nicht fassen!

> Wie alt ist die Mutter?
> Sie ist heute dreimal so alt wie ihr Sohn,
> und vor fünf Jahren war sie viermal so
> alt wie ihr Sohn.

»*HAHAHA*«, hat Sado-Maso rasselnd gelacht
und sich beinahe verschluckt. »Das ist ja lustig, dass
die Lilly die Aufgabe noch mal bekommen hat.
Na, Lilly – wie alt ist denn nun die Mutter?«

Dabei haben seine Augen triumphierend gefunkelt.

Und dann geschah ein Wunder.

Sven Hübner hat sich halb zu mir rumgedreht und mir seine Handfläche gezeigt. Darauf hatte er mit Kuli eine Zahl geschrieben: **45**

»45«, hab ich mit fester Stimme gesagt und total **COOL** getan. »Die Mutter ist *natürlich* 45. Logisch.« *

Sado-Maso hat geguckt, als wäre ihm gerade der Weihnachtsbaum abgebrannt. »Hm. Ja. In der Tat ist sie das.«

Dann hat er verärgert gebrummelt und sich umgedreht.

* 45:3 = 15 (Sohn heute), 40:4 = 10 (Sohn vor fünf Jahren) ⟶ Eigentlich pipi-einfach …

Ich hab aufgeatmet und Felicitas hat »**Wow!**« geflüstert und dann hat sie mir einen Zettel zugeschoben. Der kam von Sven Hübner und darauf stand:

Hey Lilly,
was krieg ich dafür?
Sven

Hä? Was sollte das bitte schön? Erst wollte ich ja den Zettel zerknüllen, aber dann habe ich überlegt, dass **SVEN HÜBNER** mir ja doch irgendwie aus der Patsche geholfen hat, denn Sado-Maso hätte mich sonst fertig-gemacht, und zwar mit **VERGNÜGEN**. So wie er jetzt gerade Falk Winter fertigmachte, weil der wieder an Sarahs Haaren gezupft und nicht aufgepasst hatte.

FALK WINTER - WENN DU DICH NUR HALB SO INTENSIV MIT DER BRUCHRECHNUNG BESCHÄFTIGEN WÜRDEST WIE MIT DEN HAAREN DEINER MITSCHÜLERIN, DANN WÄRE UNS ALLEN **SEHR** GEHOLFEN!

Natürlich haben ein paar SCHLEIMER gleich schleimig gelacht. Und nur deshalb habe ich einen Zettel an Sven Hübner zurückgeschickt.

Sven – was willst du denn???
L.

Die Antwort kam umgehend. Aber nicht in Form eines Zettels. Sven Hübner hat sich zu mir umgedreht. Und mich angegrinst. Und dann hat er seine Lippen gespitzt und einen KUSS angedeutet.

WIE BITTE ??? SPINNT DER?

Erst wollte ich Sven Hübner ja ignorieren. Aber dann kam mir auf einmal eine geradezu teuflische Idee. Eine Idee, die so UNGLAUBLICH und so pervers und so SCHRECKLICH und so nützlich gleichzeitig war, dass ich sie selbst Felicitas erst mal nicht anvertraut habe. Ich konnte die Idee nur ganz leise und heimlich für mich selber denken.

71

»Ich könnte mit Sven Hübner **KÜSSEN** üben. Dann ist erstens der Dank für das Alter der Mutter erledigt und zweitens meine Kuss-Phobie endlich aus der Welt.«

GENIAL !!!

Und so habe ich einen Zettel an Sven Hübner zurückgeschickt.

Nach der Schule. Hinten im Schulhof.
Bei den Fahrradständern.
L.

Sven Hübner hat den Zettel gelesen und ganz breit gegrinst. Voller **VORFREUDE**. Da wurde mir schon etwas schwummerig zumute.

Aber den restlichen Tag lang hatte ich zum GLÜCK kaum mehr Zeit, darüber nachzudenken, denn mittlerweile war in unserer Schule der Weihnachtswahnsinn ausgebrochen und **ALLE** haben versucht, sich gegenseitig zu übertreffen.

✱ Weihnachtswahnsinn ✱ in unserer Schule:

Bei Herrn Offenbach in Kunst basteln wir Weihnachts-
baumschmuck aus alten Konservendosen. Die sind
kratzig und scharf und das ganze Klassenzimmer riecht
nach kalten Ravioli. Felicitas hat sich sofort in den
Finger geschnitten, und es hat so doll geblutet, dass
Herr Offenbach total erschrocken ist und Verbandszeug
geholt hat. Dabei hat er gemurmelt, dass er über
Weihnachten auch gern in die Karibik fliegen würde
wie dieser Glückspilz *Lukas Meyer*.

Bei Frau Wenz in Deutsch lesen wir »Der Tannenbaum«
und außerdem wichteln wir. Ich muss Melle ein Wichtelgeschenk kaufen. Ausgerechnet M E L L E !
(Felicitas meinte, ich soll ihr im Tierladen eine Maus
kaufen, damit sie loskreischt beim Auspacken, aber da
tut mir die Maus leid.) 🐭

Bei Frau Unger lernen wir alles über Weihnachtsbräuche
von früher (also zur Zeit von Frau Ungers Jugend).
Dazu essen wir Plätzchen. Sie sind ein bisschen krümelig
und stammen wahrscheinlich ebenfalls noch aus Frau
Ungers Jugend, aber es ist trotzdem gemütlich.
»... und dann hat mein Vater das Glöckchen geläutet
und wir haben jeder drei Apfelsinen und ein paar

*Walnüsse bekommen, und 1970 bekam ich dann meine
erste Schallplatte von den Bee Gees und ...«*

In Englisch erzählt **Kenneth White** *immer
irgendwas von seinen »filled stockings at Christmas«.
Wir haben »stockings« im Wörterbuch nachgeguckt
und als Übersetzung »Stützstrümpfe oder Strapse«
gefunden. Da haben wir als gesamte Klasse beschlossen, dass wir diesem englischen Weihnachtsbrauch
nicht näher nachgehen wollen. Manche Dinge bleiben
besser unerforscht.*

*In Sport drehen wir dauernd in der Turnhalle zum
Soundtrack von »Last Christmas« unsere Runden.*

*Im Foyer steht ein Weihnachtsbaum, den die aus der
5. Klasse geschmückt haben. Oben ist er komplett leer
und sieht untenrum aus, als ob er ein Geschwür hat.* →

Nach der Schule bin ich dann **TOTAL** nervös zu den
Fahrradständern gegangen. Mir haben vor Angst die
Beine geschlottert, aber Felicitas war zum **GLÜCK** mit
dabei. (Ich musste ihr meinen Plan doch erzählen, ich
wäre sonst gestorben!!!) Sie hat versprochen, Wache zu
stehen und auch **KEINE** Beweisfotos zu schießen.
Wir kamen immer näher an die Fahrradständer heran,
und jetzt konnte ich auch Sven Hübners winzige Gestalt

sehen, wie er dort *lässig* an den Zaun gelehnt auf mich wartete. Mir sind in diesem Moment tausend Fragen durch den Kopf geschossen.

1. Sollen wir uns mit oder ohne Zunge küssen? (Wahrscheinlich *mit*. Oder???)

2. Was, wenn das eklig ist?

3. Was, wenn Sven Hübner einen Kaugummi im Mund hat? Wohin damit?

4. Ist es *überhaupt* in Ordnung, jemanden zu küssen, in den man nicht verliebt ist?

5. Was, wenn Sven Hübner schon Zungenkuss-Erfahrungen hat (eher unwahrscheinlich, aber dennoch) und ich mich tödlich blamiere?

6. Gibt es beim Küssen eine besondere Technik? Linksrum? Rechtsrum? Ein besonderes Tempo? (Vielleicht doch lieber ohne Zunge? Aber das zählt dann bestimmt nicht …)

7. Was sagt man vorher? »Auf die Lippen, fertig, los«?

8. Was sagt man hinterher? »Na, dann tschüss«?

Ich breche hier gleich in **PANIK** aus!!!

Felicitas wollte mich beruhigen und hat mir auch Tipps gegeben, denn Felicitas hat bereits voll viel Kuss-Erfahrung (nur leider nicht mit **HENDRIK**):

Tipps von Felicitas:

Locker bleiben!

Auf gar keinen Fall ein Bein beim Küssen anwinkeln, das machen Mädchen oft und es sieht **BESCHEUERT** *aus.*

Leg ihm die Arme um den Hals, dann musst du dich nicht so verrenken.

Spitze nicht die Lippen, das sieht dämlich aus.

Schmatze nicht.

Küsse ihn auf jeden Fall mit Zunge – das ist schließlich eine Übung für den Ernstfall **(= Freddy!!!)** ♥.

Mann, wer soll sich das denn alles merken? Jetzt war ich **ERST RECHT** nervös!
Ich bin zu Sven Hübner geschlichen wie zu meiner eigenen Hinrichtung, aber dann hab ich gesehen, dass er

vor Nervosität auch ganz schlotterig war. Er wollte etwas sagen, aber es kam nur ein Krächzen heraus, und deshalb habe ich einfach ganz schnell meine Arme um seinen Hals gelegt, ehe ich es mir anders überlege. Dann hab ich gesagt: **»AUGEN ZU!«,** und Sven Hübner hat verwirrt seine Augen zugeklappt und seine Arme um meine Taille gewickelt, denn höher kam er ja nicht. Ich hab mein Bein nicht angewinkelt, meine Lippen nicht gespitzt und auch nicht geschmatzt, sondern einfach losgeküsst und es ging wie von selbst. (Mit Zunge!) Es dauerte ungefähr vier Sekunden, dann hab ich Sven Hübner losgelassen und »Tschüss!« gesagt und wollte weg. Aber es ging nicht! Meine Kette hatte sich irgendwie in seinem doofen Strickpullover festgehakelt und ich kam nicht los. Ich hing an Sven Hübner fest wie ein siamesischer Zwilling.
Für immer an Sven Hübner gefesselt? *OH GOTT !!!*
Ich hab angefangen zu zerren und Sven Hübner hat von der anderen Seite gezerrt und dann hab ich nach Felicitas gerufen, aber die war wie vom Erdboden verschwunden, und dann hat es PLOPP gemacht und meine schöne Kette ist gerissen und der Anhänger ist fortgeschnippt.

MANN, EY!

Wir sind dann beide auf dem Boden rumgekrochen und haben meinen Anhänger gesucht und Sven Hübner hat sich immer wieder entschuldigt, aber ich habe vor lauter **WUT** gar nichts gesagt, bis auf einmal zwei Beine in

77

Stöckelschuhen neben uns standen und jemand gefragt hat: »Was macht ihr zwei Hübschen denn da eigentlich?« Es war Frau Rössler, unsere **SCHULLEITERIN!**
Sven Hübner hat zum Glück blitzschnell geschaltet und ein **PAPIER** hochgehoben und gesagt: »Wir räumen den Schulhof auf!«
Da hat Frau Rössler vor Freude milde gelächelt und gemeint, dass sie froh ist, dass es doch noch verant-wortungsvolle, uneigennützige Schüler wie zum Beispiel uns gibt. Und dass sie sich einen Extra-Preis nur für uns beide einfallen lassen wird.
Ich will aber **NICHTS** mit **SVEN HÜBNER** zusammen gewinnen!!!
Dann kam Felicitas wieder. Sie hatte endlich ein fast vollständiges Foto von Hendrik schießen können.
NA TOLL.

In der Woche vor den Weihnachtsferien hat dann die Bibliothek wieder aufgemacht. (Über die Graffiti haben sie einfach **Bilder** gehängt, gemalt von denen aus der achten Klasse im Stil von Picasso. Es sieht da jetzt aus wie in einem **GRUSELKABINETT**.)

In der letzten Woche sollte auch unsere Weihnachtsfeier stattfinden, und zwar mit allen siebten Klassen zusammen. Da hab ich mich **TOTAL** gefreut!
(Weihnachtsfeier + alle 7. Klassen = Weihnachtsfeier mit **FREDDY**!!!)

JUHUUU!!
Juhuuu!!!
COOL!!

Bei der Weihnachtsfeier ist Kenneth White zur Hochform aufgelaufen und hat eine englische Weihnachtsspezialität mitgebracht. Erst dachten wir, es wäre ein Klumpen Holzkohle, aber es war ein »English Christmas Pudding«. Die meisten Leute haben sich aber lieber an Plätzchen gehalten, und so hat Kenneth White ganz alleine dagesessen und in dem Puddingklumpen herumgestochert. Er tat mir TOTAL leid und ich wollte mich gerade opfern und ein Stück Christmas Pudding kosten, als Kenneth White seine zweite Überraschung aus dem Rucksack geholt hat. Einen stacheligen grünen Zweig, den er mit einem glücklichen Lächeln über die Tür genagelt hat.

»A mistletoe!«, hat er gesagt. »To kiss under!«

Ein Tumult brach los. In England darf man sich also zu Weihnachten KÜSSEN, wenn man sich zufällig unter stacheligen Mistelzweigen im Türrahmen trifft? Die Mädchen haben gequiekt und die Jungs haben gestöhnt, aber nichtsdestotrotz haben sich alle unmerklich in Richtung Tür vorgearbeitet, das habe ich genau gesehen. Aber zuerst kamen die Wichtelgeschenke dran. Der Vater von Felicitas kam als Weihnachtsmann verkleidet, und das war so dermaßen peinlich, dass Felicitas beinahe in die Heizung gekrochen wäre. Er hatte nämlich nur einen roten Bademantel an und eine Weihnachtsmütze auf und hat die ganze Zeit voll BLÖD und laut gelacht.

»Na, wart ihr denn auch alle fein artig, ihr Rackerchen? Hohoho! Hahaha!«

Manche Eltern haben echt **ABSOLUT** kein Schamgefühl! Als ich mein Geschenk vom Bademantel-Weihnachts-mann abgeholt habe, war ich dann doch ziemlich nervös. Ich selber hatte Melle keine Maus gekauft, sondern so moosgrünen Nagellack, den gab's im Sonderangebot für 89 Cent. (Mein Wichtelgeschenk war anonym, versteht sich. Also ich hab nur »Frohes Fest!« auf eine Karte geschrieben.) Aber was, wenn mir jemand was Behämmertes/Peinliches/Ekliges schenken würde? Felicitas hatte Glück, sie hat einfach nur Pfefferkuchen und Schokolade und Lipgloss bekommen. Ich hab mein Geschenk – es war silber und pink eingewickelt und sah eigentlich süß aus – in der Hand hin und her gedreht, und als niemand geguckt hat, hab ich es schnell aufgerissen. Da drin war eine Kette mit Anhänger. Ein silbernes ♥ und darauf stand »I love you«! Und eine Weihnachtskarte:

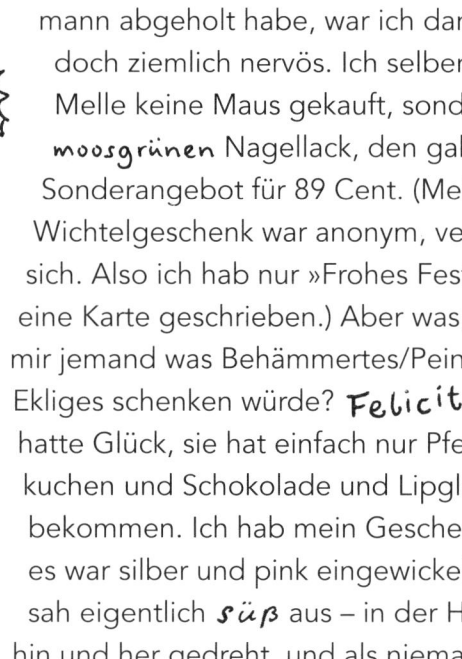

soooo peinlich!!

oooh nein !!!

Damit du nicht mehr
wegen der Kette sauer bist.
Ich ziehe beim nächsten
Mal auch keinen Strick-
pullover an !
          Sven

!

- HILFE !

WAS ??

I love you

Beim nächsten Mal?
Oh, Gott – Sven Hübner
denkt doch nicht etwa, dass wir
jetzt zusammen sind? Es gibt kein nächstes Mal!!!!
Und um meine Laune vollends in den Keller sinken zu
lassen, hat MELLE jetzt ganz laut gerufen: »Alter, was für
ein hammergeiler Nagellack, voll irre Farbe, krass ey!
Da mag mich aber jemand ganz dolle!«
Und dabei hat sie immer wieder zu Freddy geguckt und
GEKICHERT. Da fiel es mir wie Schuppen von den
Augen: Weil Freddy heute zufällig einen moosgrünen
Pulli anhatte, hat Melle gedacht, der Nagellack wäre von
Freddy. SO EIN MIST!
Ich hatte jetzt total die Nase voll von dieser blöden

MANN, EY !!

81

- OH, MANN!!! -

HoHoHo
HAHAHA
HoHo
Ho

Weihnachtsfeier und Felicitas auch, weil ihr Vater immer noch die *dämliche* Weihnachtsmütze aufhatte und einfach nicht gehen wollte, obwohl er ihren Ruf doch schon *VÖLLIG* ruiniert hatte. (Felicitas' Vater ist seit drei Jahren geschieden und sucht krampfhaft eine neue Freundin, das hat mir Felicitas erzählt. Sein Username beim Online-Dating ist »Wunderbär«! Kein **WUNDER**, dass es **NICHTS** wird! Und jetzt versucht er es bei Frau Rössler …)

Dann hat Kenneth White seine Karaoke-Maschine ausgepackt und Melle und Mara haben das Ding sofort in Beschlag genommen und abwechselnd **LAUT** und **FALSCH** gesungen, und ein kleiner Pulk aufgeregter Leute hat in der Nähe des Mistelzweiges herumgelungert und versucht, sich gegenseitig darunterzuschubsen. Freddy hing auch dort herum und deshalb habe mich dazugestellt. Plötzlich hat mich jemand von hinten geschoben. Und zwar genau unter den Mistelzweig! Und als ich mich voller Herzklopfen umgedreht habe, stand da … *SVEN HÜBNER*!!!

Ich habe sofort reflexartig das erstbeste Mädchen neben mir (Melle) in seine Richtung geschubst. Melle hat sich auf Sven Hübner gestürzt wie ein hungriger Wolf auf ein Kaninchen und ihm ihre lila Lipgloss-Lippen auf die Wange *geschmatzt*, und ab jetzt kam keiner mehr durch die Tür, weil ein ständiges Schubsen und Kreischen und Kommen und Gehen darunter war.

Kuss von Melle

Freddy hat mir von Weitem zugelächelt, aber wir kamen einfach nicht in die **Kuss-Zone** rein, und überdies kam jetzt Herr Offenbach den Gang entlanggeschlendert und hat unseren klappernden Konserven-Christbaumschmuck in einer Kiste getragen, damit wir ihn mit nach Hause nehmen und unseren entgeisterten Müttern überreichen konnten. Praktischerweise kam er mit der Kiste nicht durch und musste so lange warten, bis Frau Wenz ihm damit geholfen hat. Und zwar **G E N A U** unter dem Mistelzweig!

»Vielen Dank, Frau Kollegin«, hat Herr Offenbach laut gesagt und sich nicht von der Stelle bewegt. »Na, so was. Wir befinden uns ja genau unter dem Mistelzweig! Hahaha. So ein **ZUFALL** aber auch. Darf ich?«

Und dann hat er sich verrenkt, um Frau Wenz einen Kuss auf die Wange zu hauchen, und hat dabei beinahe den Konservenschmuck fallen lassen.

Da haben alle getobt und gegrölt.

Wer sich auf dieser Weihnachtsfeier alles geküsst hat:

Melle und Sven Hübner (mein Werk)
Sarah und Falk Winter (war ja klar)
Mara und Sven Hübner (wahrscheinlich war
sie neidisch auf Melle)
Frau Wenz und Herr Offenbach (voll verknallt,
sag ich doch!!!)

Wer sich auf dieser Weihnachtsfeier alles nicht
geküsst hat, es aber gern getan hätte:

Lilly (mit FREDDY)
Felicitas (mit Hendrik)

UND

Felicitas' Vater (mit Frau Rössler. Wette ich. Er hat bis zur
letzten Sekunde auf der Weihnachtsfeier rumgelungert
und Sachen aus dem Sekretariat geholt und sich nach
Frau Rössler erkundigt usw. Dann war er total enttäuscht,
dass sie nicht da war, und Felicitas war total erleichtert,
denn noch mehr öffentliche Demütigungen hätte sie an
diesem Tag nicht ertragen.)

Eine Woche später waren dann endlich
Weihnachtsferien!!!

JANUAR

Wir wünschen allen Schülern und Lehrkräften des Schiller-Gymnasiums ein gesundes neues Jahr und viel Erfolg mit ihren Neujahrsvorsätzen!

Wegen des heftigen Wintereinbruches ist die Heizung in Teilen unserer Schule ausgefallen. Die Räume 110-120 bleiben bis auf Weiteres geschlossen, einige Klassen werden deshalb zusammengelegt. Eine ganz wunderbare Idee, die das gemeinschaftliche Lernen fördert!

Ein Computervirus verbreitet sich offensichtlich über E-Mail-Anhänge in der ganzen Schule. Die Schulleitung rät zur Vorsicht.

Der Titel »Schüler des Monats« wird wegen mangelnden Interesses abgeschafft.

Die Bibliothek bleibt wieder bis auf Weiteres geschlossen.

© LILLY LEHMANN, KLASSE 7B

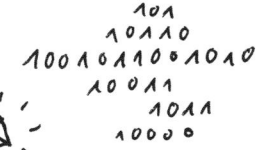

JANUAR (IN ECHT !!!)

Meine *Neujahrsvorsätze* sind dieses Jahr:

- Mit Freddy zusammenkommen (weiß nur nicht, wie)
- Sven Hübner loswerden (weiß nur nicht, wie)
- Besser in Mathe/Chemie/Physik werden (weiß nur nicht, wie)
- Beim Snowboarden mir endlich einen tollen Sprung zutrauen (ich Schisser ...)
- Nicht mehr so viel Süßes in mich hineinstopfen (seufz)
- Mein Zimmer entrümpeln (Da liegen noch Barbies in einer Kiste herum. Was, wenn Freddy mich jemals besuchen kommt und die sieht?)

- FREDDY -

Die Neujahrsvorsätze von anderen Leuten habe ich nur teilweise herausgekriegt. Mama will abnehmen und mehr Sport machen, **WIE IMMER**. Papa will aufhören zu rauchen, wie immer. Nina will endlich herausfinden, was sie studieren will. Opa will, dass es Sommer wird, und Felicitas will **HENDRIK**.

Was sich Freddy vorgenommen hat, konnte ich **leider** nicht herausfinden, obwohl ich am ersten Tag nach den Weihnachtsferien extra eine Umfrage in der Schule (angeblich für die Schulwebsite) gestartet habe. Allerdings kamen dabei interessante Sachen ans Licht:

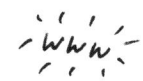

- Frau Wenz will in diesem Jahr einen Marathon rennen.
- Herr Offenbach will nur eins: dass eine **gewisse** Person **gewisse** Dinge bemerkt, hüstel, hüstel.
- Sarah will eine neue Haarfarbe ausprobieren.
- Betty Bauer will **N O C H** mehr **PIERCINGS** (Bauchnabel und so).
- Sven Hübner will mit mir gehen.
- Frau Unger will dieses Jahr ihre Memoiren schreiben (»Memories of a Dancing Queen«).
- Herr Sader hat in diesem Jahr keine Lust mehr, weitere Perlen (= Mathe) vor die Säue (= Schüler) zu werfen, und würde lieber eine Weltreise machen.
- Melle und Mara haben in diesem Jahr voll geheimnisvolle und **übelst** tolle Pläne, mit denen sie berühmt werden und total geil abheben werden, aber die werden sie mir nicht verraten, weil sie schließlich nicht bescheuert sind (Letzteres sehe ich anders!).

Gleich am dritten Schultag hat es dann angefangen, wie VERRÜCKT zu schneien. Wir hatten gerade Deutsch und haben uns durch Satzarten und Satzglieder gequält, als es losging. Erst hat keiner was gemerkt, dann hat jemand leise geseufzt: »Es schneit.« Nach einer Weile hat jemand gesagt: »Es schneit immer doller.« Und kurz vor Stundenschluss hat sogar FRAU WENZ ihr Grammatikbuch zugeklappt und gesagt: »Das gibt es doch gar nicht, wie das SCHNEIT! Man sieht ja überhaupt nichts mehr!«

Draußen war der volle Schneesturm im Gange und im Nu war alles weiß. Alle haben gejubelt, außer Melle und Mara, die haben rumgejammert, aber was ziehen sie im Januar auch paillettenbesetzte Ballerinas an ?!

In der großen PAUSE war dann voll was los draußen. Alle haben sich mit Schneebällen beworfen, was ja eigentlich gar nicht erlaubt ist, seit sie einem aus der 8. Klasse vor drei Jahren mal bei einer Schneeballschlacht die Kontaktlinsen rausgeschossen haben. Aber die meisten Lehrer haben sowieso lieber im Lehrerzimmer gesessen und Kaffee getrunken und sich das Schneetreiben von drinnen angesehen, sodass wir völlig unbeaufsichtigt waren. Bei einer Schneeballschlacht gibt es verschiedene Regeln, die man beachten muss:

✶ Wenn du ein Mädchen bist, kannst du SCHNEEBÄLLE so hart wie Stahl formen und sie einem Jungen deiner

Wahl an das Körperteil deiner Wahl werfen.
Er wird hochbeglückt sein.

✱ Wenn du ein Junge bist, musst du Schneebälle so weich
wie Butter formen und sie einem Mädchen deiner Wahl
NIEMALS an folgende Körperteile werfen:
1. Gesicht (Schminke verschmiert/Nasenbluten usw.)
2. Haare (Frisur versaut)
3. Ohren (Ohrringe gehen ab)
4. Po (wirkt sonst so, als ob der RIESIG ist und sich als
   Zielscheibe geradezu aufdrängt)

✱ Wenn du ein Mädchen bist und Schneebälle auf ein
Mädchen wirfst, das du nicht leiden kannst, solltest du
wiederum auf genau diese Körperteile zielen. Die blöde
Zicke hat es nicht anders verdient!

✱ Wenn du ein Junge bist, der einen anderen Jungen
beschießt, solltest du Schneebälle hart wie Stahl formen
und blind drauflos BALLERN, vorzugsweise bis der
Feind am Boden liegt und sich für seine gesamte ver-
bleibende Schulzeit UNSTERBLICH vor den anderen
blamiert hat.

Hendrik hatte offenbar noch NIE was von diesen
Regeln gehört, denn er hat einen SCHNEEBALL
so dermaßen hart an Felicitas' Lippe gewummert, dass
sie GEBLUTET hat. Aber Felicitas hat sich trotzdem

gebärdet, als ob Hendrik sie mit Rosenblättern überschüttet hätte. Immer wieder hat sie den Schneeklumpen gestreichelt, und dann hat sie ihn sogar in die **TASCHE** gesteckt, um ihn mit nach Hause zu nehmen. »Hast du das gesehen?«, hat sie mich gefragt. »Der hat mich mit einem **SCHNEEBALL** beworfen. Das bedeutet doch was, oder?«

Ich hab ihr versichert, dass es was bedeutet, und in der Zwischenzeit selber versucht, FREDDY zu treffen, aber immer wieder ist mir Sven Hübner dazwischengekommen. Er ist regelrecht in meiner Schusslinie stehen geblieben, weil er wollte, dass ich ihn treffe. **MANN!** Ich hab total entnervt an ihm vorbeigeworfen und dabei Melle getroffen. Die hat sofort losgejammert und hat behauptet, ich hätte ihr absichtlich beinahe ein Auge rausgeschossen.

Hä? Wie kann man denn jemandem bitte schön absichtlich beinahe ein Auge rausschießen, hm???

Irgendwie war Freddy dann plötzlich auch noch verschwunden und ich hab mich voll **geärgert** und hatte überhaupt keine Lust mehr auf die blöde Schneeballschlacht (Sven Hübner stand zwei Meter entfernt von mir und hat geguckt wie ein trauriger Schneehase und hat immer wieder ein bisschen Schnee auf mich gestäubt. Voll **NERVIG!**).

Außerdem waren meine Hände ganz kalt.

Da hat plötzlich jemand hinter mir »Kannst du mir mal helfen?« gefragt.

ES WAR Freddy!

Er hat einen winzigen süßen Schneemann gebaut, und natürlich brauchte er gar keine Hilfe und natürlich hab ich ihm trotz eiskalter Hände geholfen. Wir haben an dem süßen kleinen Schneemann herumgebaut und geformt, und dann hat Freddy ihm seinen Schal umgebunden und ich hab dem Schneemann meine Mütze aufgesetzt, und somit war der süße kleine Schneemann ein Teil von uns beiden. Fast wie unser Kind.

»Ich finde, der sollte einen Namen kriegen«, hat Freddy gesagt und gegrinst.

»Fridolin«, hab ich gesagt.

»Nee, Fritz«, hat Freddy gemeint.

»Nee, Harry.«

»Nee, Alfred.«

Schließlich haben wir uns auf **EDUARD** geeinigt, weil das so schön süß und dämlich klingt. Ich hab mich total gefreut, dass Freddy und ich jetzt etwas Gemeinsames haben. Das ist wahre Liebe!

EDUARD

Am Ende des Schultages habe ich gesehen, dass irgendwelche Knallkasper aus der Zehnten unserem süßen Eduard riesige Schneebusen rangepappt haben. MANN, EY! Manche Leute sind echt SO kindisch!!!!

91

Nachmittags schneite es immer noch. **OPA** meinte, es hätte das letzte Mal so doll geschneit, als er 1942 in die Schule gekommen ist, aber das kann nicht sein, weil **FRAU UNGER** schon gesagt hatte, dass es das letzte Mal 1968 so doll geschneit hat und sie deshalb nicht zum Tanzturnier der Düsseldorfer Jugend gehen konnte. Jedenfalls wurde es dann auch noch wahnsinnig kalt und der ganze **SCHNEE** ist erst mal liegen geblieben. Juhu! Deshalb mussten wir dann ein paar Tage später im Sportunterricht nicht mehr über den **blöden** Schwebebalken tänzeln, sondern sind alle mit Frau Wenz Ski fahren gegangen. Ich habe mein Snowboard mitgenommen und Felicitas ihre **BRANDNEUEN** Skier. Ihr nerviger kleiner Bruder Wilhelm war auch mit seiner Klasse dort, die sind aber auf den Idiotenhügel zum Rodeln gegangen. Frau Wenz meinte, wer von uns noch nicht so gut Ski fahren kann, soll auch dahin, aber natürlich wollte keiner zu den Babys zum Idiotenhügel, sondern **ALLE** sind zum Galgenhang zum Skilift. Als wir oben ankamen, stellte sich aber heraus, dass Felicitas überhaupt nicht Ski fahren kann. Sie hat ja die Skier erst zu Weihnachten bekommen und ist deswegen immer wieder hingefallen. Als wir dann endlich den Berg runtergefahren sind (ich auf dem Snowboard, Felicitas auf dem Hintern), kamen da *Melle & Mara* und noch ein paar andere gerade mit dem Lift hochgefahren und haben sich halb totgelacht. (Sie haben uns sogar fotografiert, diese blöden **SCHNEEHÜHNER!**)

»*HAHA*, Felicitas, rutschst du gut?«

»Felicitas hat einen Schlitten aus SPECK!«

»Neue Wintersportart, Leute: FETTRUTSCHEN!«

»Felicitas, die Skier sollen doch unten sein und nicht oben! Hahahahaha!«

HAHAHAHAHAHA

Felicitas war so wütend, dass ihr fast die Tränen gekommen sind, aber zum GLÜCK sind sie gleich an den Wimpern festgefroren. Sie hatte überhaupt keinen Bock mehr, noch mal den Hang runterzufahren und sich wieder auslachen zu lassen, da bin ich alleine gefahren und hab mir geschworen, dass ich heute einen **voll** coolen Sprung am Westhang (dem Knochenbrecher) hinlege, damit den blöden **ZICKEN** das Lachen im Hals stecken bleibt.

(Wir durften ja eigentlich nicht auf den Knochenbrecher, das hat Frau Wenz verboten.) Aber ich bin *trotzdem* hin.

Ich bin einfach **eiskalt** an den Zicken vorbei zum Knochenbrecher gelaufen, wo die knallharten Snowboard-Profis trainieren, und dann hab

ich es genauso gemacht wie beim Sven-Hübner-Küssen: Augen zu und **DURCH**. (Also, Augen, natürlich nicht ganz zu, nur halb, sonst sehe ich ja nichts.) Ich bin durch die Luft gesaust wie ein **Torpedo**. Blöderweise habe ich mir bei der Landung den Fuß verknackst, aber der Anblick von Melle und Mara oben auf dem Hang mit offenem Mund hat den Schmerz betäubt. (Und war auch die Standpauke von Frau Wenz wert …)

YEAH!

Am Montag herrschte dann in der Schule das **VOLLE** Chaos, denn in den unteren Klassenräumen sind die Heizungsrohre übers Wochenende durch die Kälte **EXPLODIERT**. Alle Lehrer hatten schlechte Laune, besonders Herr Jürgens, der Hausmeister. (Obwohl, der hat eigentlich immer schlechte Laune.) Die Bibliothek war voller Wasser, das auch noch gefroren war, und musste **WIEDER** geschlossen werden. (Ich weiß nicht, warum sie die Bibliothek nicht einfach abschaffen. Oder zur Schlittschuhbahn umfunktionieren?) Aber das **Gute** an der ganzen Sache war: Alle siebten Klassen hatten jetzt aus Platzmangel **zusammen** Unterricht! Wir mussten alle zusammenrutschen und Freddy saß jetzt in jeder Stunde schräg vor mir! Er hat sich immer wieder halb umgedreht und mich angeguckt. ☺ In Kunst hatte **Herr Offenbach** dann **überhaupt** keinen Durchblick mehr bei so vielen Leuten.

HERR JÜRGENS

Er hat uns nur kraftlos jedem einen Klumpen Ton in die Hand gedrückt und gesagt, wir sollen einen Mitschüler plastisch darstellen.

Demzufolge gibt es in unserer KLASSE:

- *mindestens fünf einäugige, zahnlose Monster*
- *zwei Schüler mit Wasserkopf und verkümmerten Gliedmaßen*
- *drei Schüler, deren Kopf als eine Art Buckel auf dem Rücken festsitzt und immer wieder abfällt*
- *einen erbsengroßen Mitschüler*
- *einen Mitschüler, so flach wie ein Eierkuchen*
- *vier Schülerinnen mit Streichholzbeinen und abnorm großen Busen*
- *eine Amöbe*

Man hätte ja ECHT meinen können, dass Herrn Offenbach ein gewisser Lukas Meyer bei so vielen zusätzlichen Schülern EGAL wäre. Aber ich glaube, Herr Offenbach wird langsam misstrauisch. »Wo ist denn wieder der Lukas Meyer?«, hat er geknurrt, als er die Tonklumpen-Mitschüler eingesammelt hat. Aber gegen **UNS** kommt er nicht an.

- HAHA -

DER DURFTE MIT DEN HÖHEREN KLASSEN & KENNETH WHITE auf Sprachreise nach CANTERBURY

hat Sarah gezwitschert.

WEIL ER SO EXZELLENTES ENGLISCH SPRICHT.

Herr Offenbach hat die Stirn in Falten gelegt, aber Sarah ist immer die absolute Superschülerin, die **NIE** lügt und nur Einsen hat, und deswegen ist ihm nichts eingefallen, was er hätte sagen können. Nur: »Das geht aber nicht so weiter. Wie soll ich den denn benoten? Der ist ja nie da! Ich werde mal mit den Eltern ein Wörtchen reden müssen. Hat jemand die Telefonnummer von Lukas Meyer?« **Ach du Schreck!** Wir haben alle nach Luft geschnappt und sind schlagartig **verstummt**. In diesem Moment

ist mir klar geworden, dass wir uns *überhaupt* noch keine Gedanken darüber gemacht haben, was aus Lukas Meyer eigentlich mal werden soll. Ich war schon **FAST** so weit, mich zu melden und alles zu gestehen, aber da hat Herr Offenbach bereits seinen Laptop aufgeklappt, um im Schulsystem nach Lukas Meyer zu suchen.

ABER DAS SCHULSYSTEM GING NICHT!!!

Ein Computervirus hat nämlich das gesamte Schulsystem lahmgelegt. Es erscheint überall immer nur eine tanzende Comicfigur, die den Bildschirm blockiert. Haha! Wie *geil* ist das denn?

Alle von der Fünften bis zur Zwölften haben in der Pause gejubelt und sich bei den **HACKERN** aus dem Computerkurs bedankt, die jetzt absoluten Kultstatus erlangt haben. Die haben zwar eisern behauptet, dass sie nichts damit zu tun haben, aber was sollen sie denn sonst sagen?

In **CHEMIE** (was eigentlich mein meistgehasstes Fach ist) wurde mir dann **Freddy** als Experiment-Partner zugeteilt. Ich hatte ja bis dahin keine Ahnung, wie aufregend die Knallgasprobe sein kann!

Führe als Nachweis für
Wasserstoff die Knallgasprobe durch!

Zur Verfügung stehen dir:
Reagenzglas mit Seitenansatz
Seitenrohr
Reagenzglas
2 Stopfen
pneumatische Wanne mit Wasser
Pipette
Zinkgranalien
Salzsäure

Freddy hat mit der ekligen Salzsäure herumgefuhrwerkt und ich habe das Reagenzglas in die pneumatische Wanne gelegt wie unser *Baby*. Freddy hat zärtlich ein bisschen Säure in das Baby (= Reagenzglas) geträu- felt, und zum GLÜCK ist Wasserstoff auch nicht so pups- stinkig wie Buttersäure oder so, das wäre sonst irgend- wie peinlich gewesen. Auf jeden Fall haben Freddy und ich uns zweimal berührt und auf jeden Fall kam dann am Ende des Experiments ein kleines Flämmchen heraus

und hat voll gemütlich und *schöne* geflackert.
Draußen wurde es erneut total dunkel, weil es schon
wieder anfing zu schneien, und alles war plötzlich so
romantisch, als ob Freddy und ich ganz alleine
auf der Welt mit unserem Wasserstoffbaby wären und
nicht von vierzig lärmenden Schülern und ihren zischen-
den Erlenmeyerkolben umgeben.
Ich glaube, Chemie ist ab jetzt mein neues Lieblingsfach!

Ansonsten habe ich im *Januar* noch Folgendes
herausgefunden:

1. Die Kostüme der Werwölfe in unserem Theaterstück
   sehen **VOLL** behämmert aus. Es sind nur
   mottenzerfressene Pelzmäntel!

2. Opa kann immer noch **übelst** gut Schneebälle
   formen und werfen. Er hat gesagt, zu seiner Zeit
   haben sie noch Tannenzapfen in die Schneebälle
   getan, damit es richtig gezwiebelt hat. Das waren
   noch Zeiten.

3. Das Computerviren-Mutterschiff war kein Hacker,
   sondern **FRAU UNGER**!

Sie hat irgendeine E-Mail mit Anhang geöffnet, weil
sie gedacht hat, sie ist bei »Let's Dance« auf RTL eingeladen. Obwohl die doch **GAR NICHT** wissen können,

dass es Frau Unger gibt. Dann hat sie die *E-Mail* an alle Lehrer in der Schule weitergeleitet, weil sie so stolz war. **UNGLAUBLICH**, wie dämlich man sein kann, hat Herr Sader im Lehrerzimmer gemurmelt, als ich mir das neue Passwort für die Schulwebsite abholen musste. Das alte war ja von Frau Unger lahmgelegt worden. Sado-Maso soll mal nur nicht so auf den Putz hauen. Wenn man ihm eine Weltreise angeboten hätte, hätte er die E-Mail *garantiert* auch aufgemacht!

FEBRUAR

- HELAU -

Helau!

Am 15. Februar fand unser Schulfasching statt, der sich wie jedes Jahr größter Beliebtheit erfreute und unsere Schule in ein wildes Narrenhaus verwandelte. Besonders unsere Lehrer überraschten diesmal mit originellen Kostümen.

Falls jemand irgendwo im Schulgebäude eine gewisse Liste (blauer Kuli, handgeschrieben) findet – bitte nicht lesen, sondern DRINGEND bei Lilly Lehmann (7b) oder Felicitas Heimann (7b) abgeben. Nicht lesen!

Herr Offenbach bittet darum, dass alle Beteiligten zu den letzten Theaterproben erscheinen, denn es sind nur noch wenige Wochen bis zur Premiere!

Auch unsere Lehrer haben in ihrer Freizeit viel Spaß, wir haben sie befragt. Aufgepasst – wer findet heraus, zu welchem Lehrer welches Hobby gehört?

Helau!

101

SCHILLER-GYMNASIUM HOME | AKTUELL | TERMINE | KONTAKT

Filzen, Angeln, Glasblasen, Synchronschwimmen, Karate, Schals stricken,
in einer Band singen, Stepptanz, Feuerlöscher sammeln, Legofilme drehen.

© LILLY LEHMANN, KLASSE 7B

BLA
BLA
BLA

FEBRUAR (in echt !!!)

Es war zwei Tage vor Fasching und ich hatte immer noch
kein **Kostüm**. Eigentlich wollte ich ja in Geschichte
mit Felicitas darüber reden, genau wie **ALLE** anderen,
die Frau Ungers Stunde **IMMER** für Hausaufgaben,
Einkaufslisten, Zukunftsplanung und Ähnliches nutzen.
Aber diesmal kam ich nicht dazu, denn **wieder**
mal wurde ein **Zettel** an mich durchgereicht. Da wir
nicht mehr mit der Parallelklasse zusammen Unterricht
hatten, war mir der Zettel **VÖLLIG** gleichgültig, denn
von **Freddy** war er definitiv nicht. Dafür war er von
ihr-wisst-schon-wer.

Du siehst voll gut aus.
Und falls du es noch nicht
gemerkt hast – du
gefällst mir TOTAL.
Ehrlich. Wie wär's
mal mit Kino?
Ohne Strickpullover ☺.

Sven

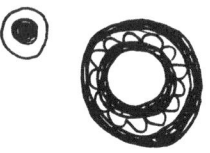

OH GOTT. Hört das denn niemals auf?
Sven Hübner hängt wie der Fluch meines Lebens an mir.
Der bildet sich irgendwie **SONST WAS** ein, seit dem
Übungskuss und seit wir die Kinokarten zusammen
gewonnen hatten, und macht immer so Andeutungen,
dass wir die einlösen müssten und so. Dabei hatte ich
meine schon längst **OPA** geschenkt. (Der hat damit in
der Sonntags-Matinee »Herr der Ringe« geguckt und
gesagt, dass es sehr schön laut gewesen ist.) Ich meine,
Sven mag ja ganz nett sein und so, aber ich will ihn
einfach nicht. Und als ich gerade noch überlegt habe,
was ich ihm zurückschreiben soll, habe ich das total
fiese Foto gesehen, das auf meinem Handy ankam.
(Alle haben jetzt heimlich ihre **Handys** rausgeholt
und reingestarrt, weil sie eine SMS bekommen haben.
Außer Sven Hübner, der hat kein Handy.) Auf dem Foto
war Felicitas zu sehen, es war von neulich und man
konnte sehen, wie sie auf dem Hintern ungraziös den
Skihang hinunterrutscht. Und unter dem Bild stand: »Vorsicht – menschliche Lawine am Galgenberg gesichtet!«
Melle, diese **ÄTZENDE** Zicken-Zecke!
Neben mir ist Felicitas ganz blass geworden und hat
sich auf die Lippe gebissen. Überall in der Klasse haben
sie gekichert. So laut, dass selbst Frau Unger einen
Moment lang ihren Monolog unterbrochen hat.
»Und 1978 war dann mein erster Erfolg bei … also,
warum lacht ihr eigentlich so albern?«

Melle und Mara haben sich triumphierend angegrinst und in dem Moment habe ich ihnen **RACHE** geschworen. Und deshalb habe ich Sven Hübners Zettel **Felicitas** gezeigt und dann einfach zusammengefaltet und an Sarah weitergereicht. »Für Melle. Kleine Rache«, hab ich geflüstert und ein Auge zugekniffen. Normalerweise würde Sarah **NIEMALS** einen Zettel weiterreichen, weil sie da ja was vom Unterricht verpassen könnte (selbst bei Frau Unger, man glaubt es kaum), aber Sarah war auch **SAUER** wegen dem gemeinen Foto und hat gleich kapiert. Und das Gute ist – Melle würde ja **NIE** denken, dass Sarah so was macht, und tatsächlich glauben, dass der Zettel für sie von Sven war. **HAHAHA !**
Melle hat den Zettel gelesen, kurz gestutzt und sich dann umgesehen. Dann hat sie *stolz* vor sich hin gelächelt. Und eine Antwort geschrieben und sie an Sarah zum Weitergeben gereicht, und als sie bei uns vorbeigekommen ist, haben wir sie natürlich gelesen.

> Danke. Kino ohne Strickpullover ??
> Du bist ganz schön versaut, Sven ☺.
> PS : Wann Kino ?

Melle

105

Ich hab den Zettel mit einem charmanten Lächeln
in Richtung Sven Hübner weitergegeben, der hat
den Zettel gelesen und ganz **verwirrt** geblinzelt.
Dann ist er **ROT** geworden. Und hat sich nach mir
umgedreht. Ich hab schnell so getan, als ob ich was
in meiner Tasche suche. Felicitas ist neben mir bald

– HAHA –

gestorben vor *Lachen*.
Sven hat seine Antwort an mich zurückgeschickt.

BRÜLL*!!!*

Vielleicht am Samstag?
welchen Film willst du
denn sehen?
PS: Ich bin nicht ♡
versaut. Nur verknallt. ♡

Unser Spion Sarah hat uns wieder geholfen und das
Ding an den **FEIND** weitergereicht, Melle hat wieder
einfältig gelächelt und prompt ihre Antwort über Sarah
zurückgeschickt. Die wir selbstverständlich wieder abgefangen haben. **Hihi .**

Samstag um 18:00 Uhr
vor m kino?
Und welchen Film ich
sehen will?
Hm ... weiß nicht...

Felicitas und ich haben uns angeguckt. Also, da mussten wir wohl noch ein bisschen nachhelfen. Und so hat Felicitas hinter *Hm, weiß nicht ...* in mellemäßiger Handschrift noch Vielleicht kommt ja Fifty Shades of Grey? geschrieben.

Sven Hübner hat das gelesen und vor **SCHRECK** den Zettel fallen lassen, und dann hat es geklingelt und Felicitas und ich sind kreischend auf das untere Klo gerannt, obwohl das eigentlich gesperrt ist. Aber Betty Bauer ist trotzdem immer zum Rauchen mit ihrer Freundin dort. (Wir grüßen uns jetzt SOGAR. Also genau genommen grüßen Felicitas und ich und manchmal nickt Betty Bauer gnädig zurück.)

In Kunst ist uns aber dann gleich das Lachen vergangen. Nicht wegen Lukas Meyer, der hatte ja zum GLÜCK einen Termin beim Kieferorthopäden (Falk Winters Idee), sondern weil auf einmal meine LISTE weg war.

DIE LISTE . Wo draufsteht, wer in wen verknallt ist.
Eben hatte sie noch auf meinem Tisch gelegen und
ich hatte noch eine kleine, wichtige Änderung vorgenommen, nämlich diese:

> 3. Melle liebt Sven Hübner. Weil er ihr so schön
> schmachtende Liebesbriefe schreibt. Muhahahaha!

für diese:

> 3. Melle und Mara lieben Freddy ebenfalls.
> Aber er sie nicht. 100 %ig nicht!!!

Aber in dem Moment sind die aufgeklebten Bilder von
meiner Collage abgegangen, und als Felicitas und ich
sie aufheben wollten, ist der ganze Papierkram von
unserem Tisch runtergesegelt und durch das **GESAMTE**
Klassenzimmer geflattert. Ein paar Leute haben uns
beim Aufheben geholfen, und dann mussten wir voll
gehetzt die Collagen abgeben, obwohl wir noch gar

nicht fertig waren, und da hab ich es gemerkt: Die Liste war **WEG !**
Wo war das blöde Ding? Die Liste lag **DEFINITIV** nicht mehr auf dem Tisch. Auch nicht auf dem Boden. Jemand musste sie aufgehoben haben.

VERDAMMTER KACKMIST !
Was, wenn sie in falsche Hände gerät?

WAS passiert, wenn die Liste in falsche Hände gerät:

In Freddys Hände – absolut peinlich, peinlich, peinlich! Freddy würde total entsetzt darüber sein, wie ich nach ihm giere, und mich nie mehr angucken! **peinlich !!**

In Melles und Maras Hände – **absolut** tödlich. Würden unter Kreischen und Gackern und Wiehern JEDEM davon erzählen. Dann kann ich mir die Liste auch gleich auf den Rücken pappen und damit für den Rest des Schuljahres herumlaufen.

In Sven Hübners Hände – fast genauso schlimm. Sven Hübner wäre **TOTAL** beleidigt und würde mir RACHE schwören. (Sich eventuell mit Herrn Sader gegen mich verbünden?)

HILFE !

WER LIEBT WEN?

In Frau Ungers Hände – schrecklich, aber nicht tödlich. Würde Frau Unger nur dazu verleiten, dass sie erzählt, in wen sie vor ca. 100 Jahren verliebt war. HOFFENTLICH FINDET FRAU UNGER DIE LISTE!!!

In Herrn Offenbachs Hände – brenzlig. Herr Offenbach würde sofort fragen, warum dieser Lukas Meyer da wieder nicht draufsteht.

In Betty Bauers oder Hotties Hände – blamabel, weil **kindisch!!!** *Wahrscheinlich würden die voll drüber lachen, weil sie in ihrem hohen Alter solche Listen ja nicht mehr schreiben.*

Aber **DIE LISTE** war und blieb verschwunden und deswegen haben Felicitas und ich uns zwei Tage später als Sherlock Holmes und Dr. Watson für die Faschings-party verkleidet. Weil wir gehofft haben, dass wir so *unauffällig* ein paar Nachforschungen in puncto Liste machen könnten.
(»Hast du zufällig eine … äh … Liste gesehen? So auf einem losen Blatt? Ist total wichtig, dass wir die finden, wir sind Holmes & Watson.«)
Aber leider hat **KEIN MENSCH** kapiert, was wir darstellen sollten.
»Seid ihr ein schwules Paar?«
»Dick und Doof?«

»Die Blues Brothers?
»SpongeBob und Patrick?«
Dabei waren die Kostüme von den anderen weiß Gott
auch nicht **besser**.

Wer als was gegangen ist:

– Sarah als Hippie mit Schlaghosen und Stirnband

– Sven Hübner als Zauberwürfel (man konnte ihn kaum
in seinem Kostüm sehen, so groß war der Würfel)

– Falk Winter als Scheich mit Geschirrtuch auf dem Kopf

– Mara als Seestern mit piksigen Pappzacken

– Melle als Weintraube mit lauter Trauben aus kleinen
Ballons (Mist, das sah leider echt gut aus ...)

– Betty Bauer und der Hottie als Vampire
(mit weißer Schminke, blutroten Lippen und
coolen Vampirzähnen)

? ? ?

Melle

MARA

FRAU
UNGER

SVEN

FELICITAS
UND
ICH

FALK
WINTER

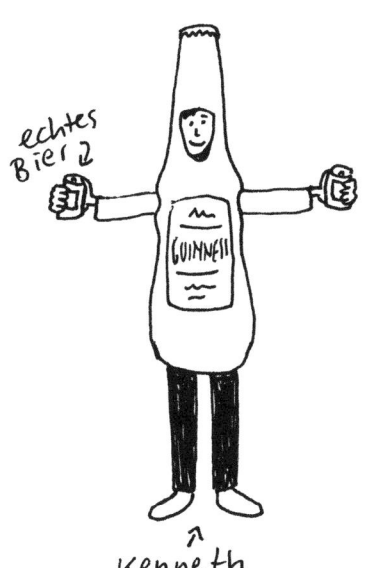

echtes
Bier 2

Kenneth
White

BETTY
BAUER

HOTTIE

FRAU
WENZ

Herr
Offenbach

SARAH

Und Frau Unger ist als **STRIPPERIN** gegangen (in so einem Glitzer-Mini und mit weißen Kniestiefeln und einer blonden Perücke), also zumindest haben wir das alle gedacht, aber eigentlich war sie Agnetha oder so ähnlich, das hat sie jedenfalls allen verzweifelt erklärt, weil es **keiner** kapiert hat. Wer soll das überhaupt sein? Außerdem lief noch irgendein armer Typ in einem dicken plüschigen Schneemannkostüm herum, den konnte man gar nicht erkennen, und Herr Offenbach war Picasso mit gestreiftem T-Shirt und Glatzen-Perücke und Frau Wenz war eine Meerjungfrau.

Freddy war aber leider nicht da, deshalb war ich ganz **TRAURIG**. Ich saß eigentlich nur mit Felicitas in der Ecke und habe jedem mein Kostüm erklären müssen. Mann, ich kam mir ja schon vor wie Frau Unger!!! Dummerweise kam dann auch noch Herr Offenbach und wollte wissen, ob *Lukas Meyer* irgendwo zu finden wäre, er wollte mit ihm über seine Zensuren reden. Meine Güte, kann der Mann den armen Jungen nicht **ENDLICH** mal in Ruhe lassen?!

»Der Lukas Meyer ist als Schneemann verkleidet«, hat Felicitas schnell gesagt. »Haben Sie ihn nicht gesehen? Frau Unger hat ihn auch gesehen, stimmt's, Frau Unger?« Frau Unger hat **verwirrt** unter ihrer Perücke hervorgeblinzelt und genickt und ihr Glitzerröckchen glatt gestrichen, und Herr Offenbach hat nichts mehr gesagt, denn jetzt kam gerade Kenneth White vorbei. Er war als

Guinness-Bier verkleidet, komplett mit Bierdosen in der Hand, die er verteilt hat.

»Also, das geht ja nun gar nicht, wir sind doch hier nicht in einer Londoner Kneipe«, hat Herr Offenbach gesagt und ist ihm hinterhergelaufen.

Felicitas war TOTAL nervös, weil sie Angst hatte, dass ihr Vater beim Schulfasching aufkreuzen würde (wegen der Rössler). Angeblich wollte er als Zahncremetube kommen, das fand er witzig. HALLO? Geht's noch? Denkt er vielleicht auch mal an den psychischen Schaden, den er bei Felicitas mit seinen Aktionen anrichtet? Langsam hatte ich auch keinen Bock mehr, den ganzen tanzenden, knutschenden Leuten zuzugucken und vor Sven Zauberwürfel zu flüchten.

Da hat Felicitas was Schönes entdeckt: Mara hat mit ihren Seesternzacken aus Versehen die ganzen Weintraubenballons von Melle zerstochen. Es hat ein paar Mal laut geknallt und dann sah Melle voll demoliert aus und war stinksauer. Ich wollte aber trotzdem abhauen, weil die Faschingsparty ohne Freddy ja sinnlos war, da kam der riesige Schneemann auf mich zugestampft und ist vor mir stehen geblieben. Wer immer da drinsteckte, musste echt total schwitzen! Plötzlich hat der Schneemann was gesagt. Es klang ganz dumpf, weil er so ein dickes Kostüm anhatte. Einen schrecklichen Moment lang habe ich tatsächlich geglaubt, der Schneemann sagt mir jetzt, dass er Lukas Meyer ist. Aber dann hat er es noch mal wiederholt.

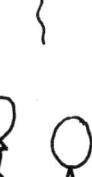

PEINLICH!

»Hey Lilly. Ich bin's, **EDUARD**!«
Ich hab den Schneemann angestarrt, und plötzlich war
mir klar, wer da drinsteckte.

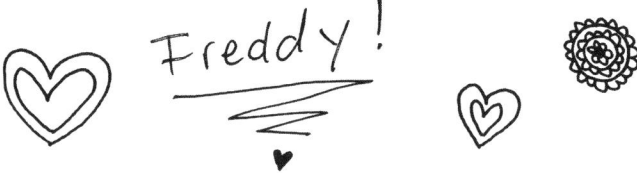

Freddy!

Die Party wurde dann noch TOTAL *schön*!
Auch wenn wir dann fast nur noch mit Felicitas und ein
paar anderen draußen standen, weil Freddy es in dem
stickigen Saal nicht ausgehalten hat.

Am Tag nach dem Fasching war ich **TOTAL** happy.
Denn **Freddy** hat mich immer angegrinst, wenn wir uns
gesehen haben. Und wir haben uns wie verrückt gesimst.
Und überhaupt war das Leben *wunderschön*.
Übrigens auch für Melle. Die hatte ja am Samstag das
Kinodate mit Sven Hübner. Deswegen hat sie ihn immer
angestrahlt. Sven Hübner hat überhaupt nicht mehr
kapiert, was los ist, besonders, als sie ihn einmal ganz
laut »Svenni« genannt hat.
SVENNI! Ich schmeiß mich weg!

Für Deutsch mussten wir dann eine Umfrage machen, welcher LE H RER welches Hobby hat. Das war ziemlich verblüffend, was da rauskam.

Frau Unger: Filzen, Stepptanz

Frau Wenz: Synchronschwimmen

Herr Offenbach: Legofilme drehen

Herr Sader: Glasblasen

Kenneth White: Schals stricken, angeln

Hausmeister Herr Jürgens: Feuerlöscher sammeln

Frau Rössler: Karate

Biolehrerin Frau Scheffler: in einer Band singen (»Die Munketaler Trillerspatzen«)

Am Freitag war dann die vorletzte Theaterprobe und Herr Offenbach war total **HIBBELIG**. Weil Betty Bauer ihre Rolle **IMMER** noch nicht richtig konnte. Dauernd hat sie die Namen verwechselt (Jacob/Edward). Und weil die Werwölfe einen Aufstand gemacht haben, wegen ihrer hässlichen Pelzkostüme. Das waren ja nur Pelzmäntel und ohne Werwolfkopf sahen die Werwölfe einfach nur wie eine Gang alter Omas auf *KAFFEEFAHRT* aus. Die **VAMPIRE** mussten wegen ihrer weißen Schminke voll vorsichtig sein und so standen sie nur ganz steif herum, und dann hatte noch jemand Glitzerleim mitgebracht, damit Edward/Hottie im Sonnenlicht glitzern konnte, aber dann ging der Leim nach der Probe nicht mehr ab und der **HOTTIE** hat einen Wutanfall bekommen.

»Mann, Alter, ich muss jetzt noch zur Fahrschule, ich kann doch dort nicht aufkreuzen und wie ein Scheiß-Weihnachtsbaum glitzern!«

(Ich kriege langsam ein ungutes Gefühl wegen der Theaterpremiere. Eigentlich bin ich jetzt *total* froh, dass ich keine größere Rolle habe …)

Am Samstag wollten Felicitas und ich uns eigentlich strategisch in der Eisdiele gegenüber vom Kino platzieren, damit wir *GENAU* beobachten konnten, wie das Treffen zwischen dem ahnungslosen Sven Hübner und der liebeshungrigen Melle ablaufen würde. Aber dann wurde ich am Freitagabend krank. **RICHTIG** krank. So mit eitrigen Mandeln und Husten und Fieber. Ich war so krank, dass mir Melle und Sven und alle anderen völlig **EGAL** waren, weil mein Hals so wehtat und weil ich den

perversen **TEE** trinken musste, den meine Mama mir
gekocht hatte.

Opa hat an meinem Bett gesessen und mir von früher
erzählt, und dann hat er mir eine Tasse Grog gebracht
und keinen Tee, aber ich hab es Mama nicht verraten.
(Komischerweise ging es mir nach dem Grog **VIEL**
besser als nach dem Tee von Mama.)

Als es dann am Samstag geklingelt hat, ist Opa an die
Tür gegangen und hat mit jemandem geredet. Dann
kam er wieder herein und hat mir einen kleinen Strauß
Blumen gebracht (Schneeglöckchen).

»Von einem Verehrer«, hat Opa gesagt und ein Auge
zugekniffen.

Da war ich **TOTAL** glücklich. Denn diesmal war ich
sicher, dass es Freddy war, dem hatte ich nämlich eine
SMS geschickt:

Ich bin krank. 🙁

Und Sven Hübner stand ja in diesem Moment vorm
Kino und wartete auf sein Schicksal!!!!

Anfang März

Am 7. März fand unser alljährlicher Talentwettbewerb statt. Wer hätte gedacht, dass an unserer Schule so viele unbekannte Talente schlummern. Und zwar nicht nur unter den Schülern!

Auch unser Theaterstück »Biss zum Morgengrauen« war ein grandioser Erfolg! An dieser Stelle noch einmal ein herzlicher Dank an alle Schauspieler, an Herrn Offenbach für die gesamte Organisation, an den Schrottplatz Müller für die Bereitstellung eines Autos, an das Seniorenwohnheim »Alpenblick« für die Bereitstellung von sieben Pelzmänteln und an Frau Unger für den elektrisierenden Soundtrack.

Die Bibliothek ist teilweise wieder geöffnet.

Die Mädchentoiletten in der ersten Etage werden generalüberholt und bleiben für den Rest des Schuljahres geschlossen!

© LILLY LEHMANN, KLASSE 7B

Anfang März (in echt !!!)

Es ist etwas ganz **UNGLAUBLICHES** passiert:
Melle und Sven Hübner gehen jetzt zusammen!
Ich fasse es nicht!
Felicitas hat mir alles berichtet, denn sie hat ja trotzdem
in der Eisdiele gelauert, um die beiden zu beobachten,
damit sie mir hinterher von Sven Hübners entgleisenden
Gesichtszügen berichten konnte. Aber dazu kam es gar
nicht, hat sie gesagt. Sven Hübner und Melle haben sich
angeguckt und dann haben sie **EWIG** lange miteinander
geredet (was genau, das konnte Felicitas natürlich leider
nicht hören), und dann sind die beiden ins **Kino** reingegangen. **Felicitas** wollte ja erst hinterher, aber
das hat sie sich dann doch nicht getraut, weil das Kino
immer so **leer** ist und sie nicht mit Sven Hübner und
Melle zusammen in einem leeren Kino sitzen und »Trans-
formers« gucken wollte. Das haben sie nämlich gesehen.
Das oder »Das kleine Gespenst«, was anderes kam nämlich zu der Zeit gar nicht.
Also hat Felicitas geduldig gewartet und zwei Stunden
lang an einem Erdbeershake herumgenuckelt, und dann
kamen Sven Hübner und Melle wieder aus dem Kino
heraus, aber diesmal **Hand in Hand !**

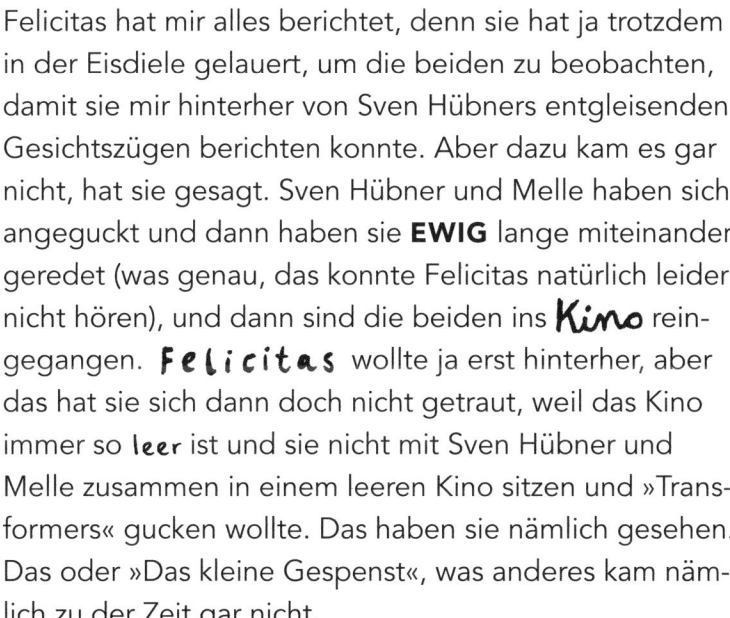

Felicitas hat gesagt, sie will lieber gar nicht wissen,
was sich da im Schutze der Dunkelheit im leeren Kino-
saal zwischen den beiden abgespielt hat.
Ich will es auch **NICHT** wissen!
(Oder doch? Irgendwie ist es ja schon ein bisschen
beleidigend, dass Sven Hübner mich so schnell für
jemand anderes hat fallen lassen. Noch dazu *Melle*,
die **blöde** Kuh. Was denkt er sich eigentlich,
mich einfach nicht mehr zu lieben?!)
Eigentlich sollte das Ganze ja ein Gag sein, um Melle
zu ärgern, und jetzt habe ich die beiden verkuppelt.
Aaaaargh!!!
Na ja, größenmäßig passen sie jedenfalls **PRIMA**
zusammen. Hm. Warum hat Freddy mich eigentlich noch
nie ins Kino oder woandershin eingeladen? Ich glaube,
er ist ein bisschen schüchtern. Vielleicht sollte ich ihn
einfach mal einladen? Sonst sind wir ja **NIE** alleine!!!
Aber der König der Schüchternheit ist Hendrik. Der sagt
keinen **Piep**. Das macht Felicitas total fertig. Ich hab ihr
jetzt den Ratschlag meiner Schwester weitergeleitet –
bei irgendwas mitmachen, wo Hendrik auch mitmacht.
(Aber das ist schwierig, weil er sich **NUR** für Sport
interessiert und Felicitas überhaupt nicht.)
Felicitas hat dann versucht, Hendriks Aufmerksamkeit

durch einen Auftritt beim Talentwettbewerb zu erregen.
Aber dann war Hendrik nicht mal dort, und Felicitas hat
sich **GANZ** umsonst auf der Bühne abgerackert und hat
Mundharmonika gespielt, obwohl sie es erst drei Tage
vorher gelernt hat!
Aber wenigstens hat sie sich nicht so zum Vollhorst
gemacht wie **Falk Winter**, der sich selbst als »Allround-
talent« angekündigt hat. Erst hat er mit Bällchen jong-
liert. Das heißt, er hat es versucht, aber er konnte sie
nicht fangen, und dann ist ein Bällchen geplatzt und ihm
auf den Kopf gefallen und es stellte sich heraus, dass
es mit Sand gefüllt war. Das Publikum hat **GETOBT** vor
Begeisterung, weil Falk Winter jetzt sandbestreut
war, und deswegen hat er getan, als ob er das
mit Absicht gemacht hat und in Wahrheit ein
Komiker ist. Ist er aber nicht. Über seine öden
Witze hat **KEIN MENSCH** gelacht (außer
Sarah, die lacht über alles …)
»Treffen sich zwei Durchsichtige, sagt der eine
zum anderen: ›Ich hab dich durchschaut.‹
Hahaha.«
»Sagt ein Stein: ›Ich bin Einstein.‹ Antwortet
das Brett: ›Wenn du Einstein bist, bin ich
Brett Pitt.‹ Hahaha.«
»Kommt ein Mann zum Bäcker und sagt: ›Ich
hätt' gern zehn Brötchen!‹ Sagt die Verkäuferin:
›Nehmen Sie doch nur neun, dann haben Sie 30 Cent
übrig und können sich noch eins *kaufen*.‹«

FALK
↓
PEINLICH!!!

123

OJE, OJE

Deswegen hat Falk Winter dann versucht zu zaubern und hat eine Maus aus der Tasche geholt, um sie verschwinden zu lassen. Die ist ihm sofort abgehauen und der halbe Saal hat gekreischt. Es kehrte erst wieder Ruhe ein, als der **HOTTIE** mit seiner Band »Schillershit« auftrat. Sie haben ein mächtiges Gedöns gemacht und ihre Gitarren geschwenkt, und dann hat der Verstärker geröhrt und geknarzt und etwas hat laut gequietscht, und der Hottie hat irgendwie zu leise gesungen und die Bässe waren zu **LAUT** und eigentlich war es **TOTAL** schrecklich (so als ob jemand Geschirr die Treppe runterschmeißt). Aber das hat natürlich **keiner** zugegeben. Nach dem Hottie kam dann noch jemand mit Gitarre auf die Bühne und ich habe mich schon auf das Schlimmste gefasst gemacht, aber zu unser aller Erstaunen handelte es sich dabei um Kenneth White !!!

Er trug wieder seinen schwarzen Anzug, aber diesmal grüne Doc Martens dazu und einen hellblauen Schlips und ein T-Shirt mit ganz vielen Löchern.

Und dann hat Kenneth White angefangen, Gitarre zu spielen. Wahnsinn, der konnte **ECHT** spielen! Und dann hat Kenneth White noch dazu gesungen. Wahnsinn, Kenneth White konnte auch fantastisch singen! Und es klang alles so unglaublich echt wie …

One Direction!

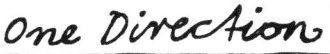

KENNETH WHITE

»Baby you light up my world like nobody else,
the way that you flip your hair gets me overwhelmed ... WOW!
You don't know,
Oh, oh ...You don't know you're beautiful!«

- COOL!!! -

Die Massen **(Mädchen)** haben getobt!
(Ich glaube, der Hottie war ein bisschen angepisst, weil
die Leute **VIEL** lauter und wilder geklatscht haben als
bei seiner Singerei. Außerdem hab ich herausgefunden,
dass der Hottie mit echtem Namen Werner Waldbäckel
heißt. Werner Waldbäckel! **HAHAHA !**)

Ich bin beim Talentwettbewerb nicht aufgetreten, denn
ich hatte auch **SO** schon genug Stress:

Mein Stress im März:

1. Mara macht sich **massiv** *an Freddy ran.
(Wahrscheinlich, weil Melle jetzt einen Freund hat, da
ist sie neidisch.) Jedes Mal, wenn ich mit Freddy reden
will, lungert Mara in der Nähe rum und schmeißt ihre
Haare hin und her und lacht wie eine Hyäne. Mann!
Wie soll ich mit Freddy jemals alleine sein?*

2. Mein **13**. *Geburtstag ist in zwei Wochen. Was soll
ich nur zu meinem Geburtstag machen? Mama hat
allen Ernstes vorgeschlagen, sie könnte doch mit mir*

und meinen Freundinnen zum Ponyhof fahren. Oder Wettspiele machen und Kuchen essen. Oder Freundschaftsbändchen basteln. **HALLO ??** *Ich werde dreizehn und nicht drei! Ich will eine richtige Party, und zwar* **OHNE** *Eltern!*

3. Die Liste »Wer liebt wen« ist immer noch nicht wieder aufgetaucht. Wer sie auch hat, plant offenbar **BÖSES** *damit.*

4. Ich mache mir wegen dem Theaterstück bald in die Hosen. Das wird die **VOLLE** *Katastrophe ...*

Am 12. März war es dann so weit. Unser Theaterstück hatte Premiere. Bei der Generalprobe war schon **alles** schiefgegangen, was nur irgendwie schiefgehen konnte: Zwei der Werwölfe waren wegen Magen-Darm-Grippe ausgefallen, aber nicht ohne vorher noch praktisch auf alle Werwolfkostüme (= Pelzmäntel) zu kotzen. Das Bühnenbild von dem Auto, das Edward Cullen wegschieben sollte, war umgefallen und **KAPUTT**gegangen, und der Typ aus der Zwölften, der die Musik für das Theaterstück mischen sollte, lag im Krankenhaus, und keiner wusste, wo er die Musik abgespeichert hatte. Nicht mal die **HACKER**!

Deswegen bin ich am Premierentag mit einem **TOTAL** mulmigen Gefühl in die Schule gegangen. Meine Eltern

wollten **UNBEDINGT** mit und haben sich nicht abwimmeln lassen, ganz im Gegenteil. Sie haben sogar **OPA** mitgeschleppt, und dann haben sie sich neben den Vater von Felicitas gesetzt, der **NATÜRLICH** auch da war, und dann haben sie sich ganz laut über ihre ach so ulkigen Töchter (= Felicitas und mich) unterhalten. Jetzt weiß die halbe Schule, dass Felicitas als kleines Mädchen mal »ein Papa« werden wollte und dass Lilly Lehmann in der 5. Klasse ihre Zahnspange im Klo runterspülen wollte und damit eine Überschwemmung ausgelöst hat. SO NOT FUNNY!

Aber unsere Eltern waren unser geringstes Problem, denn hinter der Bühne ging es jetzt rund. Ein Schrottauto wurde nämlich gerade angeliefert. Das musste irgendwie anstatt des kaputten Pappautos auf die Bühne geschafft werden, und dann kam noch ein Bus voller alter Omas mit neuen Pelzmänteln für die Werwölfe. Die Werwölfe haben dann ziemlich streng nach Kölnisch Wasser gerochen und gemurrt und gemeckert, aber jetzt war es zu spät und das Licht ging aus und der Vorhang auf und auf einmal ging es **LOS**.

Ich war schon relativ am Anfang dran und hab es echt gut hingekriegt, aber danach ging es nicht ganz so gut weiter. Wir hatten ja keine Musik, und als Edward/Hottie eigentlich mit Bella/Betty im Arm vampirmäßig durch die Luft springen sollte, hat sich das Seil verheddert,

an dem die beiden hingen, und deshalb baumelten sie
dann wie reife Pflaumen **G E N A U** über der Bühne.
IN TOTENSTILLE!
Zum Glück ist Frau Unger sofort eingesprungen und hat
ihre eigene Musik eingelegt, und so baumelten Betty
und der Hottie dann wenigstens zu »Money, Money,
Money« von ABBA über der **Bühne**, bis sie jemand
befreit hat. Als die duftenden Werwölfe dann ihren
Auftritt hatten, hat ein kleines Kind gerufen »Mama,
die sehen aber **doof** aus!«, und vor lauter Stress hat
Betty Bauer dann ihren Text vergessen. Sie sollte rufen:
»Reiß ihnen den Kopf ab, Edward!«, aber sie hatte den
totalen Blackout und hat **nicht mal mehr** die Souffleuse
gehört, die den Text schon fast gebrüllt hat. Und da bin
ich eingesprungen. Ich habe einfach laut

DER KOPF, EDWARD!

gerufen, und da hat der Hottie schnell den **KOPF**
einer Schaufensterpuppe hochgehoben, denn das war
unser **WAHNSINNIG** cooler Special Effect, weil er
ja den fiesen Vampiren den Kopf abreißen sollte. Betty
Bauer ist aus ihrer Starre erwacht und wollte ihm den
Kopf abnehmen, aber sie hat nicht richtig zugegriffen
und der Kopf ist ihr aus der Hand gerutscht und in die

Zuschauermassen geflogen, untermalt von »You are the dancing queeeeeeeeeen, young and sweet – only seventeeeeeeeeeeen« von ABBA. (Opa hat den Kopf gefangen. Er war total *stolz* darauf, dass er noch so gute Reflexe hat.)

Von diesem Moment an lief dann alles wieder **SUPER**, und als es zu Ende war, hat der ganze Saal getobt und Betty Bauer hat mich umarmt und »Danke Kleine, du bist voll abgefahren, ey, Wahnsinn« gesagt. Mann, da war ich **ECHT** stolz!

SUPER!

(PS: Ich hänge jetzt seit dem Theaterstück immer ganz lässig mit Betty im unteren Klo ab, weil da eh keiner ist, die Bauarbeiter kommen erst im Sommer. Betty hat mir sogar ihre Zigaretten angeboten, aber ich rauche ja nicht, das fand sie **TOTAL** beeindruckend. Am liebsten würde ich Betty ja zu meiner Geburtstagsparty einladen. Aber ich weiß ja noch nicht mal, ob es überhaupt eine **PARTY** geben wird! Warum bin ich nicht schon älter?!)

VOLL COOL

 **ENDE MÄRZ**

Frohe Ostern!

Die Schulleitung möchte sich ausdrücklich von der »Party des Jahrhunderts« distanzieren, die bei einer Schülerin des Schiller-Gymnasiums in diesem Monat stattgefunden haben soll. Es handelte sich hierbei nicht um eine offizielle Schulveranstaltung, Beschwerden der Anwohner bitte daher nicht an die Schule richten.

© LILLY LEHMANN, KLASSE 7B

FROHE OSTERN!

ENDE MÄRZ (IN ECHT!!!)

Das mit meiner **PARTY** war der Hammer. Bis eine Woche vorher war ja mit Mama und Papa überhaupt nicht zu reden. Von wegen »Party alleine« und auch noch abends. Dabei ging es doch nur um Felicitas und Sarah und mich und vielleicht noch ein, zwei andere Mädchen aus meiner Klasse. Na ja, von mir aus dann auch noch Falk Winter für Sarah. Solange er keine blöden Witze erzählte. Und Freddy, *hoffentlich*. Und Hendrik für Felicitas, falls er kommen würde. (Wahrscheinlich sowieso nicht ...)

»Was wollt ihr denn da *G E N A U* machen?«, hat Mama immer wieder misstrauisch gefragt.

Was meine Mutter geglaubt hat, das wir auf meiner Party machen werden:

- *bis zur Besinnungslosigkeit Alkohol trinken*
- *danach auf den Teppich kotzen*
- *kostbares Geschirr zertrümmern*
- *nackt durch den Garten rennen und kreischen*
- *auf der Hollywoodschaukel eine Orgie feiern*
- *mindestens zehn verschiedene Drogen ausprobieren*
- *das Haus abbrennen*

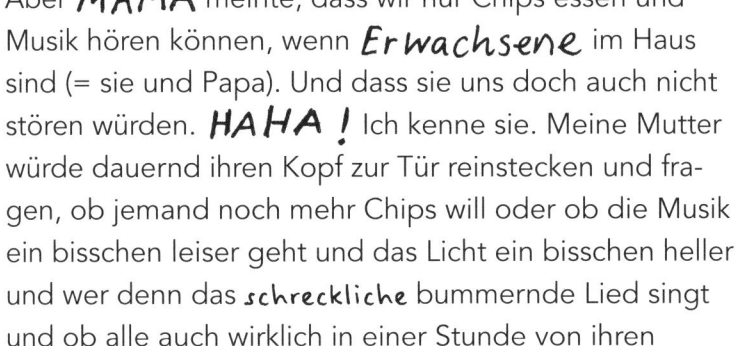

Was wir wirklich auf meiner Party machen wollten:

– Musik hören
– Chips essen
– Videos angucken
– unsere Ruhe haben
– vielleicht ein bisschen tanzen

Aber **MAMA** meinte, dass wir nur Chips essen und Musik hören können, wenn **Erwachsene** im Haus sind (= sie und Papa). Und dass sie uns doch auch nicht stören würden. **HAHA !** Ich kenne sie. Meine Mutter würde dauernd ihren Kopf zur Tür reinstecken und fragen, ob jemand noch mehr Chips will oder ob die Musik ein bisschen leiser geht und das Licht ein bisschen heller und wer denn das **schreckliche** bummernde Lied singt und ob alle auch wirklich in einer Stunde von ihren Eltern abgeholt werden, und so weiter und so fort.

MAMA

Tut mir leid Mama, aber …

… DAS IST dann KEINE PARTY !!!

Schließlich hat Papa mir geholfen. Er hat vorgeschlagen, dass Opa doch als erwachsene Aufsicht dableiben könnte. Mama hat zwar heiser gelacht und geglaubt, er macht einen **WITZ**, aber irgendwie haben Papa und ich es dann doch geschafft, sie zu überzeugen. (Vielleicht war es auch nur die Tatsache, dass Opa an

diesem Tag in seinem besten Anzug in der Küche gesessen und Zeitung gelesen hat und somit den Eindruck
eines pflichtbewussten Erwachsenen vermittelt hat, der
SELBSTVERSTÄNDLICH in der Lage ist, mit ein paar
Kinderchen auf einer Geburtstagsfeier klarzukommen.)

Fantastisch !

- YEAH !

Opa wird sich nämlich nicht im Geringsten für uns inter-
essieren und den Fernseher in seinem Zimmer GANZ
laut stellen und garantiert um 20.00 Uhr einschlafen.
Die Party steigt also!

So habe ich in der Schule Felicitas und Sarah und drei
anderen Freundinnen Bescheid gesagt. Sarah hat
gesagt, sie bringt Falk mit und vielleicht noch jemand
anderes. Dann hab ich FREDDY eine SMS geschickt
und Hendrik habe ich mir in der Pause auch geschnappt
und ihn eingeladen. Zu meiner Verblüffung hat er sogar
genickt und gefragt, ob er noch jemanden mitbringen
dürfte. Na, von mir aus, solange es kein Mädchen ist,
denn das wäre ja DOOF für Felicitas. Betty Bauer habe
ich ganz lässig auf dem Klo von meiner Party erzählt
und ihr gesagt, dass sie kommen und auch ruhig noch
jemanden mitbringen kann.

Am Samstagnachmittag sind meine Eltern dann gegen
17.00 Uhr abgehauen, um meine Tante zu besuchen.
Meine Mutter hat OPA eine riesenlange Liste ausgehän-

digt, worauf er alles achten soll. (Opa hatte die **LISTE** aber schon eine Minute nach der Abfahrt meiner Eltern nicht mehr gefunden.)

Zuerst kamen also Felicitas und Sarah (sie hatte sogar eine Mohnblume im Haar, extra für Falk) und dann die anderen drei Mädchen aus meiner Klasse und wir saßen eine Stunde lang **TOTAL** gelangweilt herum und haben Chips gegessen und Musik gehört. Opa hat in seinem Zimmer »Forsthaus Friedenau« geguckt, und zwar so laut, dass wir unsere eigene Musik nicht mehr hören konnten. (Das war mir schon ein bisschen peinlich, weil die Party ja **VOLL LAHM** war. Und Freddy war auch nicht gekommen, obwohl das wiederum gut war, dann musste er die lahme Party nicht sehen …)

Plötzlich erschien **HENDRIK** mit drei Jungs aus der 10. Klasse. Mit denen spielt er Basketball oder so. Die drei haben sofort ihre Handys rausgeholt und irgendwelche Mädchen angerufen. Dann kam Falk Winter und der brachte doch tatsächlich Melle und Mara und Sven Hübner mit.

Nicht zu glauben! Der Feind schleicht sich **SOGAR** auf meine Party!

Mittlerweile war es so **LAUT**, dass wir das Forsthaus Friedenau locker übertönt haben. Die Freundinnen von denen aus der 10. Klasse kamen jetzt auch mit noch irgendwelchen anderen Leuten, und als ich das nächste

Mal in die Küche gegangen bin, standen dort Betty
Bauer und vier Jungs aus der Elften an unserem Kühlschrank und haben Bier getrunken. Da wurde mir langsam ein bisschen **MULMIG** zumute, denn jetzt haben
die alle auch noch angefangen, Möbel zu verrücken
und zu tanzen.
Und Freddy war immer noch nicht da!!!
Dafür kam Opa jetzt aus seinem Zimmer. Er hatte sich
wieder seinen bequemen **SCHLAFANZUG** angezogen und seinen Tirolerhut aufgesetzt und hat sich
gefreut, dass **50** viele junge Leute ihn besucht haben.
Dann hat er Papas guten Whisky aus dem Geheimver-
steck geholt und sich erst mal ein ordentliches Glas voll
eingeschenkt. Und danach weiß ich auch nicht mehr,
was eigentlich passiert ist, denn es kamen immer mehr
Leute zur Tür herein, einer davon war **Freddy**!
Er war schwer beeindruckt, was bei mir so los war:

Wer alles auf meiner Party war:

- *meine gesamte Klasse*
- *die halbe Parallelklasse*
- *irgendwelche Typen aus der 10. Klasse mit ihren*
  Freundinnen
- *Betty Bauer und ihre ganze Clique*
- *mindestens acht Leute aus der 9. Klasse*
- *Kenneth White*

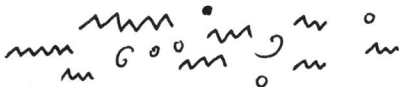

- – vier Hacker
- – der Hottie
- – Alice Winkler aus der 8. Klasse
- – Nazim Öszal aus der 12. Klasse
- – noch mindestens sieben andere Leute, die ich
  noch nie in meinem Leben gesehen hatte

*Mann, es waren so viele, ich wette, es war sogar
Lukas Meyer da!*

Jedenfalls ging dann **TOTAL** die Post ab. Opa hat
gesagt, er hätte schon seit mindestens 30 Jahren nicht
mehr so **VIEL** Spaß gehabt! Im Wohnzimmer haben
sie Gangsta-Rap gespielt und in meinem Zimmer
Schmusemusik (zum GLÜCK hatte ich die Barbies
vorher noch entsorgt!).
Um 21.00 Uhr hat es dann geklingelt und vor der Tür
stand Frau Lange, unsere Nachbarin.
»Sind deine Eltern da?«, hat sie mich ganz streng gefragt.
»Nein, nur mein Opa«, hab ich gestottert. M I S T,
jetzt war die Party gleich vorbei!
»Ich will mit dem reden. **SOFORT**!«, hat die Lange
gewettert, und deshalb hab ich sie einfach zu Opa rein
ins Wohnzimmer geschoben. Weiter konnte ich mich
auch gar nicht um sie kümmern, weil irgendein Idiot
versucht hat, aus Mamas Wäscheleine im Garten
eine Zip-Line zu bauen. MANN, EY!

FRAU
LANGE

Was auf meiner **PARTY** alles los war:

Mindestens 20 Leute sind die Zip-Line vom Apfelbaum zum Schuppen runtergesaust, bis sie dann gerissen ist.

Opa und Frau Lange haben die Whiskyflasche komplett geleert und herausgefunden, dass sie früher zusammen in derselben Schule waren.

Betty Bauer und der Hottie haben schluss gemacht.

Sarah und **FALK WINTER** sind von Melle und Mara knutschend im Kleiderschrank meiner Eltern gefunden worden.

Jemand hat der Beethovenbüste auf dem Klavier einen **BH** angezogen (pink).

Kenneth White hat Gitarre gespielt und gesungen und total viel Interessantes erzählt, weiß **LEIDER** nicht mehr so richtig, was.

Alice Winkler geht jetzt mit einem der Hacker.

Nazim Öszal hat 30 Liegestütze auf dem Esstisch gemacht (wegen einer Wette).

Rihihihihihihi!

*Ein total fremdes Mädchen hat »Voll fette Party, Alte«
zu mir gesagt.*

Freddy und ich waren **KEINE** *Sekunde lang alleine* ☹

Kurz vor 22.00 Uhr hab ich dann **voll Panik** bekommen.
Mama und Papa wollten doch um 23.00 Uhr wieder zu
Hause sein, wie sollte ich die Leute denn so schnell
loskriegen? Ich hab vor lauter Schiss meine Schwester

Nina angerufen und die kam dann mit ihrem Freund,
der zum **GLÜCK** auch ein Freund von Nazim Öszal
war, und die beiden haben dann zusammen alle Leute
rausgeschmissen.

Frau Lange hat mit Opa das Wohnzimmer aufgeräumt
und **Kenneth White** hat die Beethovenbüste vom
BH befreit. Danach sah es fast wieder **NORMAL** aus.
GLÜCK GEHABT!
Nur später hab ich dann gehört, wie Mama zu Papa
gesagt hat: »Sag mal, Stefan, wieso liegt denn da auf
einmal eine **Mohnblume** in unserem Kleiderschrank?«

Die meisten von meiner **PARTY** haben aber einfach
weitergefeiert. Und zwar erst auf der Straße und dann
auf dem Schulhof, wir wohnen ja direkt um die Ecke von
der Schule. Sie haben in unserer Straße auf den Müll-
tonnen getrommelt, sie haben Klopapier um einen Busch
gewickelt, sie haben »Zicke, zacke, zicke, zacke, hoi,

ZICKE
ZACKE

hoi, hoi!« gesungen und sie haben eine Strumpfhose von einer Wäscheleine geklaut und in einen Kirschbaum gehängt. Und auf dem **schulhof** haben sie dann Bierdosen-Fußball gespielt und eine Unterhose an den Basketballkorb gehängt, und in die Fahrradständer haben sie eine **SCHAUFENSTERPUPPE** mit Glatze gequetscht. (Ich weiß nicht, wo sie die gefunden haben, aber das sah aus, als ob da ein echter nackiger Mensch drinsteckte.) Und aus dem Schild SCHILLER-GYMNASIUM neben der Eingangstür haben sie mit schwarzem Edding **SCHNULLER-GYMNASIUM** gemalt. Aber zum Glück wusste keiner, dass die von meiner Party kamen. Puh! Doppelt *Glück gehabt!*

139

APRIL

»April, April!«
So erklang es in unserem Schiller-Gymnasium gleich hundertfach am 1. April aus allen Ecken, als sämtliche Schüler und Lehrer einander in den April geschickt haben.

Ein absolutes Highlight im April war jedoch nicht nur die Wiedereröffnung der Bibliothek oder das herrliche Frühlingswetter, sondern vor allem die gemeinsame Fahrt aller 7. Klassen in den Thüringer Wald. Mit viel Freude wurden dort vier Tage lang die Geheimnisse der Natur erforscht und der Zusammenhalt der Schüler untereinander gestärkt. Besonders die Nachtwanderung erfreute sich größter Beliebtheit bei Jung und Alt!

© LILLY LEHMANN, KLASSE 7B

APRIL (IN ECHT!!!)

Am 1. April bleibt man am besten zu Hause. **ECHT MAL**. Sonst stolpert man nämlich auf Schritt und Tritt über **BLÖDE** Leute, die einen veräppeln und sich dann halb totlachen. Wie zum Beispiel **SVEN HÜBNER**, der mir, kaum dass ich im Klassenzimmer auftauchte, zurief: »Lilly, du sollst unbedingt ins Lehrerzimmer kommen, zu Frau Rössler und Herrn Offenbach.«

hab ich erschrocken gefragt.
»Es geht um Lukas Meyer.«
Shit, shit, shit ! Mir ist ja gleich ganz schlecht geworden. Jetzt kam alles raus, und ich würde so dermaßen eins aufs Dach kriegen, dass ich schon im Vorfeld vor Panik gezittert habe.
Ich bin also zum Lehrerzimmer geschlichen und hab der Sekretärin gesagt, dass ich mich bei Herrn Offenbach melden soll. Und bei **FRAU RÖSSLER**. (Allein bei diesen Worten habe ich mich selbst am Türrahmen festhalten müssen, damit ich nicht wegrenne.)
Die Sekretärin hat die Stirn gerunzelt und gesagt: »Hm, den Herrn Offenbach sehe ich gar nicht, aber Frau Rössler ist da, komm mit!«

Wenige Sekunden später stand ich vor Frau Rössler, die mich *neugierig* gemustert hat. »JA?«
»Es geht um …«, hab ich gekrächzt und dann noch mal neu angesetzt.

Ich hab die Rössler angestarrt, und in diesem Moment ist mir klar geworden, dass sie *überhaupt* keine Ahnung hatte, wovon ich rede, weil Herr Offenbach nämlich überhaupt *gar nicht* da war und Sven Hübner mich einfach

nur **übelst** in den April geschickt hatte!!! Sven Hübner, du hinterlistiges kleines Scheusal!!! Und nun?
»Der … würde … gern … an unser Gymnasium kommen. Der. Lukas. Meyer. Haben Sie hier noch Platz? Für Lukas Meyer. So heißt er nämlich. Ja.«
Frau Rössler hat mich **nachdenklich** gemustert und dann offensichtlich entschieden, dass ich nicht mehr alle **TASSEN** im Schrank habe und mit Milde behandelt werden muss.
»Die Eltern von diesem Jungen können gern hier vorsprechen«, hat sie gesagt. »Du gehst jetzt mal lieber, die Stunde fängt gleich an. Ach, halt …«, hat sie mich gestoppt, als ich schon wie ein gehetztes Reh zur Tür hinausrennen wollte. »Du bist doch mit der Felicitas befreundet, nicht wahr?«

Ich hab stumm genickt. Was denn nun noch?
»Dann gib ihr das mal bitte. Das gehört ihrem **Vater**.«
Frau Rössler hat unter den Tisch gegriffen und eine Tüte herausgeholt. Ich hab die **Tüte** so vorsichtig in Empfang genommen wie Dynamit und bin in mein Klassenzimmer gerast, wo mich echt ALLE mit einem grölenden »April, April!« empfangen haben.
MANN, EY!

Danach wurde der Tag aber immer **besser**, denn andere Leute in den April schicken macht natürlich viel mehr Spaß. Erst mal haben wir Frau Unger veräppelt.

143

Sven Hübner hat sich in einem Shakespeare-Kostüm von seinem Vater (der arbeitet im Theater) im Schrank versteckt und kam mitten in der Stunde herausgepoltert und hat gerufen: »Wow – die Zeitreise hat geklappt!« Frau Unger ist ganz blass geworden und hat sich an den Hals gegriffen und verwirrt gekeucht, und dann haben wir alle »APRIL, APRIL« geschrien und uns den Rest der Stunde lang gemütlich angehört, was Frau Unger zu ihrer Zeit so alles an Aprilscherzen angestellt hat (waren alle LAHM).

Dann haben wir in Kunst immer, wenn Hendrik sich leise geräuspert hat, alle zur Decke geguckt und »Oh!« gerufen. Herr Offenbach war völlig fertig und ist zum Schluss auf den Tisch geklettert, um zu gucken, was da oben bloß ist. HAHA!

HERR OFFENBACH

HA! HA!

Frau Wenz hat uns dann veralbert. Sie hat uns nämlich gesagt, dass die Klassenfahrt leider ausfallen muss, weil der Thüringer Wald unter Hochwasser steht. Da waren wir alle echt fertig.

WAS?? Keine Klassenfahrt?!?! Doch da hat Frau Wenz geflüstert: »April, April«, und alle haben gekreischt. Ich auch, denn Klassenfahrt heißt dieses Jahr alle 7. Klassen zusammen (= mit Freddy!)! *

*Außer Lukas Meyer, versteht sich. Der hatte leider Mumps. Hochansteckend!

Warum Klassenfahrt das Beste auf der Welt ist:

– weil in der Zeit keine Schule ist, LOGISCH
– weil man meistens schon auf der Hinfahrt im Bus/Zug voll Spaß hat
– weil die Lehrer nach zwei Tagen meistens ermattet aufgeben und nur noch Wein trinken wollen und einen machen lassen, was man will
– weil abends PARTY angesagt ist und man sich zu den Jungs in die Zimmer schleichen kann
– weil man herrliche Streiche spielen kann (Schlafanzug zunähen usw.)
– weil man mit seinen Freundinnen in einem Zimmer schlafen und die ganze Nacht lang Geheimnisse/ Gruselgeschichten/peinlichste Erlebnisse erzählen und rumalbern kann
– weil man mit den Jungs Flaschendrehen usw. spielen kann (Sven Hübner küsse ich aber NIE wieder! Der kann jetzt mit Melle rumknutschen!)

Jedenfalls waren wir alle so hibbelig, dass Felicitas und ich FAST vergessen hätten, in Frau Rösslers Tüte für ihren Vater zu gucken.

Hätten wir das nur nicht getan!
Da drin war ein Kochbuch (»Indisch für Feinschmecker«)
und eine Karte im Briefumschlag. Felicitas hat den
Briefumschlag sofort **eiskalt** aufgerissen. »Es geht
hier schließlich um meine Zukunft«, hat sie mir erklärt.
»Es könnte ja sein, dass die Rössler meine Stiefmutter
werden will. Da **muss** ich vorbereitet sein.«

Auf der Karte stand:

Hihi

Lieber Peter,
mit herzlichen Dank zurück.
Habe einiges ausprobiert,
brauche aber definitiv noch
Koch-Nachhilfe. Wie wär's?
PS: Männer, die kochen können,
finde ich unwiderstehlich ♡.
Dein Bienchen

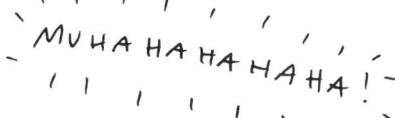

MUHA HA HA HA HA!

MUHAHA *Hahahahahaa* !!

DEIN BIENCHEN? DIE RÖSSLER EIN BIENCHEN?

ICH BRECH AB !!!

Felicitas hat nur entsetzt geröchelt, und dann mussten
wir beide so **HYSTERISCH** lachen, dass wir für den Rest
des Tages nicht mehr aufhören konnten. Immer wenn
wir uns beruhigt haben, hat einer von uns wieder leise
» *Summ, summ, summ!* « gesungen,
und dann sind wir erneut in irres Gelächter ausgebrochen, jedenfalls bis Mathe. Da hat Sado-Maso laut »Leis-
tungskontrolle« gerufen. Alle haben gegrinst und darauf
gewartet, dass er » *APRIL, APRIL* « sagt.
Aber das hat er nicht!!!

Die Woche darauf ging dann *endlich* unsere
Klassenfahrt los.
So sah der Plan dafür aus: *JUHUUU!!*

Tag 1: Wir kommen in unserem gemütlichen Domizil,
dem Waldhaus Sonneberg, an.
Tag 2: Wir besuchen das Glasbläsermuseum.
Tag 3: Wir machen einen Ausflug in den Kletterwald.
Tag 4: Wir wandern zur Burg Rottenstein.
Tag 5: Abreise

147

Schon im Bus ging das **CHAOS** los, weil die Jungs hinten saßen und ständig so getan haben, als ob sie sich übergeben müssen, wenn der Bus so gerumpelt hat. Die **Mädchen** haben immer gekreischt, wenn der Bus rumpelnd um die Kurve gebogen ist, und auf einmal ist ein Rucksack von der Ablage geflogen und aufgegangen (zum Glück nicht **meiner**). Es war der von Mara und es ist Glitzer-Nagellack (blau) und Glitzer-Eyeliner (hellblau) und Glitzer-Lipgloss (pink) und Volumen-Mascara (jetschwarz) und Kompaktpuder (Farbe Terrakotta) herausgekullert und durch den Bus gerollt.

MARA hat einen Tobsuchtsanfall bekommen!

Dann hat sich der Busfahrer mit Herrn Offenbach gestritten, welche die beste Route ist, weil überall Umleitungen waren und **Herr Offenbach** meinte, dass wir in dem Tempo dann leider erst in der 8. Klasse ankommen werden. Der Busfahrer hat den Witz aber nicht kapiert, sondern nur geknurrt: »Wer rumnölt, kann laufen. Ihr Klugscheißer!«

Einen Moment lang sah es so aus, als ob Herr Offenbach sich mit dem Busfahrer **PRÜGELN** wollte, aber Frau Wenz hat ihm dann ganz zart ihre Hand auf die Schulter gelegt (also Herrn Offenbach, nicht dem Busfahrer) und dann hat er sich wieder hingesetzt und sich lieber von Frau Wenz **streicheln** lassen, als sich mit dem Busfahrer anzulegen.

Im »Waldhaus Sonneberg« sind dann alle **SOFORT**
losgestürmt, um die besten Zimmer abzugreifen.
(Außer **MELLE & MARA**, die sind im Bus auf dem Boden
rumgekrochen und haben Maras Ohrringe und ihren
Pickel-Abdeckstift gesucht.)

Ein gutes Zimmer auf Klassenfahrt ist:

– weit weg vom Zimmer der Lehrer
– ganz nah an den Zimmern der Jungs
– weit weg vom Zimmer der lahmen Streberleichen
– ganz nah an den Waschräumen, damit man am
  Morgen nicht erst drei Kilometer mit Kulturbeutel
  und Strubbelhaaren durch das Haus trotten muss
– möglichst im Erdgeschoss, damit man prima aus dem
  Fenster klettern kann

Wir hatten ein **TOTAL** gutes Zimmer erobert – Felicitas
und ich, Sarah und dann noch Lena (die ist auch für
jeden Unfug zu haben). Zwei Betten waren noch frei,
das war cool, da konnten wir unsere ganzen Sachen
draufschmeißen. Doch plötzlich ging die Tür auf und
Frau Wenz hat **Melle & Mara** ins Zimmer geschoben.
»Na, hier ist doch noch Platz, prima«, hat sie gesagt.

HÄ? Was? **WIE BITTE ?** Freundinnen?
Die Klassenfahrt entwickelte sich ja schon **voll** zum
Horrortrip, bevor sie überhaupt richtig angefangen hatte!
(Wir haben sofort beschlossen, die beiden zu ignorieren.
Oder ihnen wenigstens die Schlafanzüge zu verknoten
oder Zahncreme in die Schuhe zu quetschen oder so.)
Am ersten Abend haben wir gleich ein Lagerfeuer
gemacht, und das war **TOTAL** schön, denn ich saß nur
zwei Meter weit weg von Freddy und er hat sein Stock-
brot mit mir geteilt, und Falk Winter hat wieder versucht,
Witze zu erzählen, aber die wollte niemand hören, und
so haben wir lieber Horrorgeschichten erzählt! Und zwar
solche, die definitiv **WAHR** sind!

DIE HORRORGESCHICHTE VON:

– einer Bekannten, die ein Ehepaar kennt, das in einem
Hotelzimmer mit komischem Geruch geschlafen hat
und dann ein Skelett unter seinem Bett entdeckt hat!
EKLIG!!!

– einer Bekannten, die jemanden kennt, der sich einen
Sarg kaufen wollte und ihn ausprobiert hat und dann
aus Versehen darin EINGESCHLOSSEN wurde.
Für immer! GRAUSIG!!!

– dem Bekannten von einem Bekannten, der sich eine
Palme aus dem Urlaub mitgebracht hat und dann von
einer RIESIGEN Spinne darin tödlich gebissen wurde!
SCHRECKLICH!!!

– einem Bekannten, der jemanden kennt, der ein
Krokodilbaby ins Klo geschmissen hat, das dann als
Riesenkrokodil in der Kanalisation lebte und als
Riesenkrokodil eines Tages wieder aus dem Klo
des Bekannten herausgekrochen ist! FURCHTBAR!!!

– der Anhalterin im weißen Nachthemd, die von einem
Bekannten in einem Auto mitgenommen wurde und
sich dann auf dem Rücksitz in Luft auflöste, weil sie
nämlich ein GEIST war! GRUSLIG!!!

WÜRG!!

In der ersten Nacht konnten wir dann **LEIDER** nicht
zu den Jungs schleichen, weil Frau Wenz und Herr
Offenbach die **GANZE** Zeit vor unserer Tür gesessen
und aufgepasst haben. Aber vielleicht war es ja auch
ganz gut …

(Nur für den Fall, dass die Geisteranhalterin durch unser
offenes Fenster schweben würde. Unter die Betten
haben wir auch geguckt, wegen **skeletten usw.** Und
aufs Klo gegangen sind wir nur zu zweit, wegen Kroko-
dilen und so. Palmen und Särge hatten wir zum Glück
keine im Zimmer.)

Am nächsten Tag mussten wir dann alle ins Glasbläsermuseum. Erst dachten wir ja, das sei **VOLL LAHM** und
doof. Aber als wir es auch mal probieren durften, haben
wir erst mal gemerkt, wie sauschwer das war. Der Glas-
bläser hat lauter **TOLLE** Vasen und Kugeln und so
weiter hergestellt und wir hatten nur lauter verkrüppelte
Teile. (Ich wollte eigentlich ein Herz für Freddy herstel-
len, aber es sah aus wie ein **Popel.** Da habe ich es ihm
lieber nicht geschenkt.)

Nachts wollten wir uns dann gerade zu den Jungs ins
Zimmer schleichen, als auf einmal der Ruf ertönte:
»**NACHTWANDERUNG!** Treffpunkt in zehn Minuten
vor dem Haus!«
Da war was los! Wir konnten uns vor Aufregung gar

nicht anziehen. Melle und Mara wollten sich noch schnell schminken, aber es war nicht genug Zeit und dann sind sie vor lauter Hektik in Flipflops losgerannt. Das war **KEINE** gute Idee, denn wir sind durch den voll grusligen, dunklen, schlammigen Wald gelaufen.

Das war **SOOo** freaky!

»Immer schön zusammenbleiben«, hat **FRAU WENZ** gerufen, aber das musste sie eigentlich gar nicht, weil alle ein bisschen Schiss hatten. Vor allem, weil Melles Zähne so **laut** geklappert haben, dass alle erst dachten, es sei ein Klapperschlange, und weil dann dauernd jemand was **GRUSLIGES** gerufen hat.

DA VORN IST DIE ANHALTERIN IM NACHTHEMD, DIE IRRT DURCH DEN WALD!

DAHINTEN BLITZEN ZWEI GELBE AUGEN!

Mich hat gerade etwas ANGEFASST! MIT EISKALTEN FINGERN!

HILFE, ich bin in was Weiches getreten!

153

Es war schaurig und schön zugleich, denn auf einmal tauchte Freddy neben mir auf und hat meine Hand genommen, einfach so. Mit Freddy an meiner Seite hätten mir hundert Geistertramper über den Weg laufen können, ehrlich! (Na gut, vielleicht zehn, fünf. Okay – einer.) Freddy und ich haben uns absichtlich ein Stück zurückfallen lassen, damit wir ein bisschen alleine waren. Irgendwann haben wir die anderen zwar noch gehört, aber nicht mehr GESEHEN. Da sind wir unter einem Baum stehen geblieben und haben uns

geküsst.
EINFACH SO !

Es war sooooooo toll! Viel besser als mit Sven Hübner! Doch als wir uns gerade noch mal KÜSSEN wollten, flatterte auf einmal etwas Weißes im Gebüsch herum und ich habe vor Schreck gequiekt und Freddys Hand gequetscht.

»Die Anhalterin! Die Anhalterin im Nachthemd ist da im Busch!«

Es war aber nur Felicitas, die mir einen Vogel gezeigt hat. »Mann, Lilly, du Schmalhirn, ich bin's doch nur. Ich wollte auf dich warten!«

Zu dritt haben wir dann unsere Handys hochgehalten, um den Weg zu finden. Plötzlich haben wir Stimmen gehört. Sie haben geflüstert. Dann war alles still. Und dann hat etwas geschmatzt.

FREDDY & ICH

Wir haben die Luft angehalten und vorsichtig durch einen Busch geguckt. **MANN, EY!** Das waren Frau Wenz und Herr Offenbach!!!

Auf dem Rückweg hat es dann mörderisch angefangen zu regnen und wir sind alle zurück ins Waldhaus Sonneberg gerannt. **SCHADE**, von mir aus hätte die Nachtwanderung noch 1000 Jahre dauern können!

Was auf der Klassenfahrt sonst noch passiert ist:

Sven Hübner wurde vom Museumsführer aus Versehen auf Burg Rottenstein im Hungerturm eingeschlossen. Zum Glück hat Mara es gemerkt, weil Melle ihr Handy da drin verloren hat und Sven Mara damit anrufen konnte.

Im Kletterwald bin ich den blauen Parcours geklettert, das war einer der schwersten! (Sarah und Felicitas haben sich zum Beispiel nur auf den Kleinkinderparcours getraut und Melle und Mara sind sowieso gleich unten geblieben.)

- HAHA -

Wir haben den Jungs die Schlafanzüge verknotet und außerdem Zahncreme an die Türklinke geschmiert. (Dabei haben sogar Melle und Mara mitgemacht. Wow!)

Am dritten Tag sind wir nachts zu den Jungs geschlichen und haben dort Mau-Mau und Flaschendrehen gespielt.

Beim Flaschendrehen hat Freddy die Flasche absichtlich lahm gedreht, damit sie auf mich zeigt. ☺

Felicitas wollte das auch machen, damit die Flasche auf Hendrik zeigt, aber sie ist abgerutscht. Sie musste Falk Winter küssen und Sarah war **TOTAL** *eingeschnappt!*

Beim Wandern haben wir ein Picknick gemacht und sind von hunderttausend Ameisen gebissen worden. Autsch!

Herr Wenz und Frau Offenbach haben sich so verliebt unterhalten, dass sie die Ameisen nicht mal bemerkt haben!!! Hihi. ♥

PS: Ich habe endlich Freddys Tätowierung von Nahem gesehen. Ein Delfin!

Im Mai nahm unsere Schule an dem wundervollen Festumzug anlässlich der 750-Jahr-Feier teil. Unter dem Motto »Eine Stadt erlebt Geschichte« tauchten mehrere Hundert Schüler in die Vergangenheit ein und gewährten einen Rückblick in interessante Epochen unserer Stadt. (Besonders beachtenswert dabei das Mittelalter!)

Der letzte Elternabend des Schuljahres findet am 22. Mai statt. Folgende Schüler mögen bitte dringend ihren Eltern Bescheid sagen, da diese noch zu keinem Elternabend erschienen sind:

Betty Bauer: Klasse 9b
Werner Waldbäckel: Klasse 11a
Lukas Meyer: Klasse 7b
Viktor Gutlowski: Klasse 8b

Herzlichen Glückwunsch an Nazim Öszal zum »Junior Bodybuilder Deutschlands«!

Die Bibliothek bleibt wegen kompletter Renovierung bis auf Weiteres geschlossen.

© LILLY LEHMANN, KLASSE 7B

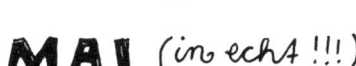

MAI *(in echt !!!)*

Am 12. Mai war es so weit: Der Tag meiner absoluten **BLAMAGE** war gekommen. Ich stand morgens vorm Spiegel und habe vor lauter Entsetzen gleich wieder die Augen zugemacht.

Das Mittelalterkostüm sah so was von **scheiße** aus! Jetzt hätte ich liebend gern einen der nach Kölnisch Wasser duftenden Werwolf-Pelzmäntel angezogen. Oder wäre von mir aus auch zusammen mit Frau Unger im Partnerlook als 70er-Jahre-ABBA-Groupie gegangen. Oder zusammen mit Hendrik und Falk Winter in kack-braunen Overalls als *Grubenarbeiter* des 19. Jahrhunderts, die in unserer Stadt Braunkohle ab-gebaut haben.

ALLES – NUR KEINE AUSSÄTZIGE AUS DEM MITTELALTER!

SCHRECKLICH!!!
AHHHH!!

Wie die anderen aussahen:

Betty Bauer sah traumhaft schön aus in einem silbernen Reifrockkostüm aus dem 18. Jahrhundert.

Felicitas war **wunderschön** als Ritterfräulein in einem bodenlangen dunkelroten Kleid und mit aufgedrehten Haaren.

Sarah sah total sexy aus als Party-Girl aus den Zwanzigerjahren mit Minikleid und Bob-Perücke.

Freddy sah voll romantisch aus als eleganter Gentleman aus dem 19. Jahrhundert.

Wie **ICH** aussah:
wie jemand, der sein Leben lang im Keller zwischen modrigen Kartoffeln eingesperrt war und sich nie gewaschen und nie die Beine rasiert hat und sich dann vor lauter Verzweiflung einen löchrigen Kartoffelsack angezogen und sich Putzlappen um die Füße gewickelt und Make-up aus Asche ins Gesicht geschmiert hat!!!

Ich war **so** fertig, dass ich am liebsten <u>GAR NICHT</u> gegangen wäre, aber Felicitas meinte, ich solle mir nichts draus machen und ich würde doch cool aussehen,

aber die hatte gut reden, die sah ja toll aus. Dann musste ich plötzlich daran denken, dass es meistens andersrum ist, dass nämlich **Felicitas** denkt, sie sieht nicht so gut aus, und deswegen ein bisschen traurig ist, und da hab ich mich geschämt und ihr das schöne Kleid gegönnt und die Zähne zusammengebissen und hab meinen Kittel gerafft und meine Warnklapper geschwenkt. Das hatten die nämlich früher zum Klappern, die **Aussätzigen**, damit die Gesunden das hören und schreiend wegrennen konnten. (Eigentlich cool, wenn man seine Ruhe haben will.)

Als wir dann in die Stadt zum **FESTUMZUG** kamen, habe ich Melle und Mara gesehen, die genauso todunglücklich wie ich in ihren Mittelalterkostümen dastanden und beinahe **GEHEULT** haben. (Normalerweise wäre das ja ein schöner Anblick, aber in der Not muss man sich auch mit seine Feinden verbünden.) Ich hab mir also einen Ruck gegeben und bin zu ihnen hingegangen.
»Egal, was sonst immer ist«, hab ich gesagt. »Wir Aussätzigen müssen heute zusammenhalten.«
Melle und Mara haben mich **angestarrt**. »Hast du irgendwas Illegales eingenommen?«, hat **MELLE** mich gefragt.
Aber da ging der Festumzug auch schon los und Frau Unger ist aufgeregt mit einem Megafon vornweg gelaufen und hat **geglitzert** wie eine menschliche Discokugel.

Da kam auf einmal Nazim Öszal und hat mich hochgehoben und mich auf seine Schultern gesetzt, sodass ich über die Köpfe aller Leute gucken und »Pest! Pest! Aus dem Weg, hier kommt die Pest!« rufen konnte.

Dann wollte Nazim Öszal lieber **Betty Bauer** tragen und hat mich runtergesetzt, und auf einmal stand **FREDDY** vor mir und hat »Komm, wir hauen ab« gesagt. Und so sind wir kichernd davongerannt und hätten uns in einem Hauseingang beinahe noch mal geküsst (obwohl ich doch **VOLL** pervers aussätzig aussah!), wenn nicht in diesem Moment jemand aus dem Haus gekommen wäre: Sado-Maso, unser Mathelehrer! Ausgerechnet der! Und er war als Albert Einstein oder so was angezogen und hat »Ich sehe euch dann morgen in der Schule, Herrschaften!« gesagt. Freddy und ich sind bald gestorben vor Lachen!!!

Ein paar Tage später in der Schule war mir dann aber gar nicht mehr nach *Lachen* zumute, denn Herr Offenbach ist direkt an meinem Platz stehen geblieben und hat gesagt: »Äh, Lilly, sag mal, dieser Lukas Meyer, was ist denn jetzt eigentlich mit dem?«

Felicitas neben mir ist zusammengezuckt und in der Klasse war es auf einmal totenstill, abgesehen von Falk Winters Schnaufen, weil er immer Heuschnupfen hat.

161

»Ja, was soll mit dem sein?«, hab ich gepiepst. Warum half mir denn jetzt **keiner**, Mann? Sonst haben die andern doch auch immer mitgemacht!!!

»Nun, ich wundere mich nur«, hat Herr Offenbach gesagt.

So ein talentierter JUNGER BURSCHE, ABER IRGENDWIE KANN ich mich nicht ENTSINNEN, DASS ICH IHN JEMALS IN MEINER KLASSE GESEHEN HABE.

Dabei hat er mich so forschend angeguckt, dass mir ganz schlecht geworden ist.

»Frau Wenz!«, hat Sarah da gerufen. »Frau Wenz will Sie sprechen, Herr Offenbach. Äh … jetzt. Genau jetzt.«

»AHA«, hat Herr Offenbach gesagt. »Dann werde ich gleich mal mit ihr über diesen Lukas Meyer reden. Und mit seinen Eltern, die kommen ja **hoffentlich** morgen zum Elternabend. Wenn nicht, müssen wir die Schulleitung einschalten.«

OH GOTT – UND WAS NUN?

Herr Offenbach hat mit den Fingern auf meinen Tisch getrommelt und mich angeguckt und dann … dann hätte ich schwören können, dass er **kurz** das linke Auge zugekniffen hat.

Oder doch nicht?

162

Was passiert, wenn die Sache mit Lukas Meyer auffliegt:

Ich werde **SOFORT** *von der Schule geschmissen.*

Wenn ich Glück habe, darf ich auf das blöde Einstein-Gymnasium wechseln. Da sind lauter Mathefreaks und ich werde untergehen wie ein Sack Kartoffeln im Meer.

Frau Wenz wird total enttäuscht von mir sein.

Meine Eltern werden total sauer auf mich sein.

Ich darf garantiert im Sommer nicht mit meiner Schwester nach London fliegen.

Vielleicht komme ich ja sogar ins Jugendgefängnis? In eine Zelle mit Plumpsklo und muss einen gestreiften Overall tragen?

Ich werde Freddy **NIE** *wiedersehen!!! (Höchstens zu den Besuchszeiten im Jugendgefängnis …)*

Wenn ich nur vor meinem Rausschmiss wenigstens noch die Liste *Wer liebt wen* wiederfinden würde!

163

JUNI

Als eine der letzten Veranstaltungen unseres erfolgreichen Schuljahres fand im Juni unser Sportfest statt. Sport-begeisterte Schüler aller Altersklassen konnten sich dort unter anderem im Weitwurf, Sprint, Hoch- und Weitsprung, 400-Meter-Lauf und Hindernislauf messen.

Goodbye, Kenneth White! Unser englischer Sprachassistent Kenneth White kehrt wie-der in seine Heimat zurück.
Er hat unser Schulleben enorm bereichert und nimmt seinerseits viele erstaunliche Eindrücke aus Deutschland mit nach Hause!

Wir verabschieden uns ebenfalls herzlich von folgenden Schülern, die unsere Schule nach diesem Schuljahr verlassen:
Lukas Meyer

© LILLY LEHMANN, DEMNÄCHST KLASSE 8B

164

JUNI und das Ende des Schuljahres (IN ECHT!)

In der letzten Unterrichtsstunde des Jahres mit Kenneth
White waren wir alle richtig **TRAURIG**. Wir haben zwar
immer noch kein Wort von dem verstanden, was er uns
erzählt hat, aber er war uns im Laufe des Schuljahres
echt ans Herz gewachsen. Und so haben wir ihm als
Klasse eine Karte gemalt und darauf alle unterschrieben.

Thank you, Kenneth White!

You are a great singer! And a super guitar hero!
Thank you for ~~have come, had been coming, will
have come to my party~~ thank you for the BH and
the Beethoven thing at Lilly's party!
Thank you for the nice Christmas Pudding! We
hope you get your filled stockings next Chistmas!
Sorry you are not gay! We are glad there is no
dead man!
We like your black Anzug!
Come back anytime, Kenneth White!

Your class 7b

Kenneth White hat sich WAHNSINNIG gefreut und
seine Kartoffelchips mit Essiggeschmack mit uns geteilt.
Die waren fast so ein Hit wie der Christmas Pudding.
Dann hat er uns seine Liste von Dingen gezeigt, die er
mit zurück nach England nehmen wird:

Was Kenneth White alles mit nach Hause nimmt:

- *einen Gartenzwerg*
- *sechs Mülleimer, weil er Mülltrennung einführen will*
- *ein Namensschild – Kenneth White – aus Salzteig*
- *Überraschungseier*
- *Adventskalender*
- *Leberkäse*
- *einen Flaschenöffner in Form eines Dirndls*
- *ein Foto von einer Klofrau, denn die gibt es in
  England nicht*
- *ein »I love Germany«-T-Shirt*

Ich wäre ja am liebsten **ewig** bei Kenneth White und
seinem Gartenzwerg sitzen geblieben, denn ich hatte
totalen Schiss davor, **Herrn Offenbach** zu begegnen.
Zu meiner grenzenlosen Erleichterung hatten wir aber in
Kunst Vertretung von Frau Unger und haben Farbtöpfe

und Pinsel ausgewaschen und dabei »The best of the
Seventies« gehört.

Und danach fing das **SPORTFEST** an. Langsam habe ich
mich etwas entspannt, dafür war Felicitas total hibbelig.
Sie hatte nämlich auf meinen Ratschlag gehört und
sich bei etwas angemeldet, das Hendrik macht, um
ihm näherzukommen. Das *ETWAS* nannte sich »Crazy
Cross Country« und Felicitas hatte sich in Hendriks
Team angemeldet

»Bist du *sicher*, dass du das machen willst?«, hab ich
sie nervös gefragt, als wir uns dem Sportplatz genähert
haben. Dort standen schon die Hardcore-Sportfreaks
herum und haben Aufwärmübungen gemacht oder
kleine Minisprints und so was.

Ich musste zum GLÜCK nur das machen, wozu Frau
Wenz alle verdonnert hatte – Weitwerfen oder Weitsprung und 400-Meter-Lauf. Aber Sportverrückte wie
Hendrik und Nazim Öszal und so haben sich natürlich
begierig zum 800-Meter-Lauf angemeldet. Oder eben
zum »Crazy Cross Country«.

»Ach du Schreck«, hat Felicitas geflüstert. Jetzt hat sie
nämlich die **MONSTER**-Hindernisse gesehen!

167

Was die Cross-Country-Teams alles machen müssen:

– über Hürden springen
– durch einen Wassergraben kriechen
– an einem Seil eine Wand hochklettern
– über einen Holzzaun klettern
– durch Eiswürfel waten
– durch Autoreifen kriechen
– an einem Seil über einen Graben schwingen
– sich durch eine enge Röhre schlängeln
– durch ein Labyrinth irren
– aus einem Netz wieder herauskrabbeln
– einen Schlammberg hinunterrutschen

»Du schaffst das«, hab ich gesagt. (Es klang selbst in meinen Ohren wenig überzeugend …) Dann hab ich Felicitas zu ihrem Team geschoben und laut gerufen: »Guck mal, HENDRIK, wer hier ist!«
Hendrik hat Felicitas angelächelt, und da ist sie bereits das erste Mal gestolpert und hingefallen. Das fing ja *gar nicht* gut an.
»Menno, wieso haben wir das Hippo denn im Team?«, hat ein Mädchen aus Hendriks Klasse gemault.
»Damit ihr gewinnt!«, hab ich zurückgeschnappt und war total stolz auf mich. Felicitas sah jetzt aber ganz **GRÜN** im Gesicht aus.

»Zeig's ihnen«, hab ich geflüstert, und dann bin ich schnell los, damit ich zum 400-Meter-Lauf nicht zu spät kam. Plötzlich hat mich aber jemand gerufen.

ACH, LILLY? KANN ICH DICH MAL WAS FRAGEN?

Und als ich mich umgedreht habe, kam Herr Offenbach auf mich zu.

Wasmachichjetztscheißlukasmeyerwassollichdennjetztsagen?

»Ich wollte nur mal wissen, ob du mir den Lukas Meyer zeigen kannst. Ist der hier irgendwo?«, hat Herr Offenbach gefragt.

»NEIN«, hab ich gepiepst. »Ich glaube nicht.«

»Ach, schade. Kommt er noch?«

»Nein. Ich glaube nicht.« Meine Stimme wurde IMMER leiser.

»Hm«, hat Herr Offenbach gemacht. »War er denn überhaupt JEMALS da?«

»Nicht direkt … also, nein«, hab ich mit Micky-Maus-Stimme geflüstert.

Und dann habe ich mir einen Ruck gegeben und wollte alles beichten und habe Herrn Offenbach angeguckt.

Und habe gesehen, dass Herr Offenbach gegrinst hat.
Und dann wurde aus dem Grinsen ein *Lachen*.
Und dann hat er total laut losgelacht.

> HAHA,
> HA, **HA, HA**!!
> *Ihr Schlingel*
> HABT MICH GANZ SCHÖN
> VERALBERT, WAS?
> HAHA

Er hat **NICHT** geschimpft. Er hat **NICHT** gemeckert,
er hat mich **nicht** zu Frau Rössler geschleift oder verhaf-
ten lassen. Ich konnte es **ECHT** nicht glauben!
»Woher wissen Sie das?«, hab ich gestottert.
Und da hat Herr Offenbach gesagt, dass er schon eine
ganze Weile lang den Verdacht hatte. Und dass er jede
Woche gespannt darauf war, was wir uns wieder für
LUKAS MEYER ausgedacht haben. Und dass er
noch nie so eine kreative Klasse gehabt hat. Und dass
er mit Frau Wenz einen ganzen Abend lang darüber
gelacht hat!
»Wir werden also nicht bestraft?«, hab ich **ungläubig**
gefragt. Da hat Herr Offenbach gemeint, dass ich ihm

170

PUH!

nur versprechen muss, dass Lukas Meyer im neuen
Schuljahr nicht wieder auftaucht.

»Definitiv nicht«, hab ich schnell gesagt. »Der wechselt
aufs Internat, hat er gesagt.«

Und da musste Herr Offenbach schon wieder lachen! HA HA !!
Dann bin ich vor lauter Verwirrung die 400 Meter
SUPER schnell gelaufen und wurde sogar Zweite und
habe meinen Ball vor lauter Verwirrung SO weit geworfen, dass ich sogar Erste wurde, und danach bin ich
gleich wieder zum Hindernislauf gehetzt, um Felicitas
beizustehen, falls sie meine HILFE braucht. Brauchte
sie aber nicht. Sie saß nämlich gerade neben Hendrik
im Gras neben dem Graben und hat seinen Fuß fest-
gehalten und gerufen: »Er hat sich den Fuß verstaucht!
WIRKLICH!«

Als Frau Wenz gesehen hat, dass es Felicitas ist, die da
ruft, wollte sie gleich wieder abdrehen, aber dann hat
sie Hendrik erkannt, der leise gejammert hat, und ist
schnell hingestürzt. Und Felicitas hatte recht – Hendrik
hatte sich den Fuß sogar gebrochen! Und die anderen
vom Hindernislauf-Team haben ihn ignoriert und sind
einfach weitergerast, außer Felicitas. Und deswegen hat
HENDRIK das erste Mal richtig mit ihr geredet. Er hat
gesagt: »Danke, Felicitas. Du bist ECHT nett!«
Felicitas sah den Rest des Tages aus, als ob sie im Lotto
gewonnen hätte. Immer wieder hat sie »Felicitas,
du bist echt nett« vor sich hin gemurmelt und dabei

verschämt gekichert. Und gesagt, dass sie Hendrik mal besuchen wird, weil er ja jetzt den ganzen Sommer lang einen Gipsfuß hat, der **ARME**.

Na, jedenfalls ging das Schuljahr für uns alle **TOTAL** super zu Ende und wir konnten Pläne für den Sommer schmieden.

Was alle im SOMMER *machen werden:*

Felicitas wird Hendrik besuchen. **Täglich.**
So kann sie auch Frau Rössler bei sich zu Hause aus dem Weg gehen …
juhu!!
Ich fliege mit meiner Schwester nach LONDON*, weil ich ja nun doch nicht ins Gefängnis muss, juhu!*

Freddy macht Urlaub am Wörthersee, aber ohne mich wird das gar nicht so toll, hat er gesagt. ☺ ♥

Sarah muss mit ihren Eltern in Bayern wandern.
Die Arme.

Betty Bauer arbeitet im Sommer beim Tätowierer
Norbert the Needle.

Herr Offenbach und Frau Wenz fahren zusammen
nach Paris.

– L'amour! –

Mein Zeugnis war auch einigermaßen, bis auf die Vier in
Mathe. In der allerletzten Stunde hatten wir dann noch
mal Kunst bei Herrn Offenbach. Wir sollten uns nur noch
mal die *schönsten* Zeichnungen und Kunstwerke
unserer Klasse in diesem Jahr angucken. Falk Winter
musste die Bilder immer hochhalten. Die meisten haben
ohnehin unter der Bank gesimst oder so, aber plötzlich
wurde es ganz still, weil Falk Winter **BLÖD** gekichert
hat. Er hatte ein Blatt in der Hand, und ich hab erst gar
nicht kapiert, was das für eine komische Zeichnung sein
sollte. Dann hat *Melle*, die vor ihm saß, angefangen,
laut vorzulesen, was da auf dem Blatt stand:

173

WER-LIEBT-WEN?

1. Felicitas liebt Hendrik, weil er end-süß
und geheimnisvoll lächelt, und das schon seit
sieben Jahren*.
$F + H = \heartsuit_K$
*Mehr gibt es zu Hendrik leider im Moment
noch nicht zu sagen.

2. Lilly liebt Freddy, weil er eine coole
Tätowierung (Panther?) hat, supernett ist, gut
aussieht, ihren Namen kennt, mit Laub nach ihr
wirft (aber auf herzliche Art und Weise),
schwächeren Mitmenschen hilft (z. B. Emo-Anni
beim Stiftaufheben), sich für Kunst interessiert
(z. B. Lillys Selbstbildnis).

LOVE

3. Melle liebt Sven Hübner. Weil er ihr so schön
schmachtende Liebesbriefe schreibt. Muhahahaha!

4. Sven Hübner liebt Lilly. Schon seit dem
Kindergarten, weil Lilly ihm damals geholfen hat,
als ihn jemand ärgern wollte. Aber Sven Hübner ist
ein Nerd und reicht Lilly nur bis zur Hüfte und
...

OH GOTT! ICH STERBE GLEICH!!!

Das war gar keine Zeichnung, sondern eine Liste.
MEINE LISTE!!! Die irgendwie in die Zeichnungen
mit reingerutscht war und jetzt für **alle** sichtbar hochgehalten wurde.
Die ganze Klasse hat *gegrölt* und Herr Offenbach hat
verwirrt geblinzelt und gefragt: »Nanu, wie kommt das
denn hier rein?« Und dann hat er gesagt: »Ich wette,
das war dieser Lukas Meyer«, und hat mir zugezwinkert.

In dem Moment hat es *geklingelt* und das Schuljahr
war zu Ende.

ICH BIN REIF
FÜR DIE FERIEN!!!